从剑桥到哈佛

黄嫣梨 著

上海古籍出版社

图书在版编目（CIP）数据

从剑桥到哈佛 / 黄嫣梨著. —上海：上海古籍出版社，2013.3
ISBN 978-7-5325-6702-7

Ⅰ.①从… Ⅱ.①黄… Ⅲ.①散文集 —中国—当代 Ⅳ.①I267

中国版本图书馆CIP数据核字（2012）第246750号

从剑桥到哈佛

黄嫣梨　著

上海世纪出版股份有限公司
上 海 古 籍 出 版 社　出版
（上海瑞金二路272号　邮政编码200020）
（1）网址：www.guji.com.cn
（2）E-mail:guji@guji.com.cn
（3）易文网网址：www.ewen.cc

上海世纪出版股份有限公司发行中心发行经销
上海丽佳制版印刷有限公司印刷
开本889×1194　1/24　印张$6\frac{16}{24}$　插页3　字数105,000
2013年6月第1版　2013年6月第1次印刷
印数：1-2,800
ISBN 978-7-5325-6702-7
Ⅰ·2638　定价：28.00元

如有质量问题，请与承印公司联系

目录

1　　序

1　　从剑桥到康桥

7　　铜像的故事

13　　中国学者在哈佛

18　　下 龙 湾

21　　奥克兰行旅

25　　看街的日子

28　　耶鲁的秋叶

30　　异 乡 梦

32　　深巷宾馆

36　　巴黎四日游

48　　文 字 情

52　　给你的信

54　　在哈佛读贺麟《哈佛日记》

59　　归 家

62　　人间四月天

66   我的丈夫和女儿

72   爱与智慧 —— 论青年人应否在求学时期谈恋爱

79   清 音

81   等 待

83   永别了，爱

97   中 秋 夜

99   一个秋日的黄昏

102   卖 花 女

107   濠 畔 街

110   给女儿的信

121   喝 采

124   鸳鸯两字怎生书

127   花猫的一家

132   第 四 代

136   怀念母亲梁瑛英女士

144   泰晤士河畔之行

149   箭 喻

151   钟 声

序

　　岁月悠悠，思绪千万，从少就爱思爱想的我，在庸碌尘世的人生路途上，总是以我心去细味人事，以我手去书写感受，作为我自娱自乐、反思反省或抒发愁绪的方法。这样，我的一篇一篇散文，就在我沉重的教研工作的缝隙中逼取出来了，且先后一再结集成书面世。

　　其实，出生在五十年代初期的女性，能够选择的生活道路仍是相当狭窄的，更何况出生后数月就永别了母亲的我。缺少了亲母的提命，加上祖母的溺爱，性格潇洒率真，在十多岁的时候就爱恋上老师，不足二十岁的我就和老师结婚生子了。那个年代，阶级观念仍然强烈，人情世故对我来说，却是漠然。小女儿出生了，和她寄居在夫婿的大家庭中，因为我仍是年轻，在传统的旧家庭里，饱受白眼。那满怀抑郁、苦涩彷徨、忿忿不甘的情绪，如何抒发呢？自我肯定和人生价值的困惑，又如何阐释呢？当时颇有度日如年、生无可恋的感受，该怎么办呢？想起

辍学结婚，甚有悔意，倒不如再选择回到校园! 下了决心，上学去吧! 上学，就这样，我得到了夫婿的支持，也得到了父亲和继母的帮助，终于不理会夫家的反对，将女儿交托给继母之后，就考入香港浸会学院。起初，上学是逃避性的，不过无论如何，我开始逐渐将哀痛转化为力量，也开始踏上了我的人生理想历程。

犹记得，我高中毕业即向父亲提出结婚时，父亲听罢，如晴天霹雳，震惊不已。痛心地责骂道:"作为女子，你的选择已经有限; 作为妻母，你的一生就此完了!"

到底，我还是要感谢父亲，他思想开通、尊重女权，最终还是接受了我的想法。我要证明给父亲看的是，我的一生不仅仅是侍奉翁姑，嫁夫随夫，生儿育女! 有了婚姻、家庭，仍然是可以创立一片自己天地的。女儿出世后，我上大学，教中学，入研究院，往外国进修，完成硕士、博士课程，展开了三十多年的教研专业工作。可惜的是，我至爱的父亲只看到我大学毕业，并肯定了我在高中执教的能力，而未及看到我修读硕士就溘然弃养了。不过，永远护守在我身旁的父亲，对他女儿一贯的坚持率真、奋斗到底的顽强态度，自然是看到的。我深深地感悟着! 相信着!

八十年代初，我开始在浸会学院教书，同时也开始修读研究院，继而前往英国进修外语，多次往返内地和英、美、澳洲等国从事学习和研究等工作。备课、撰写论文、宣读研究成果的报告和专题的讲演等，都是沉重的工作，心力销磨，情怀孤怆，常感落寞苦涩、幽怀难写。先师刘家驹教授建议我在资料的搜集和论文的写作之余，尝试以朗诵诗词、书写散文以图张弛地调协，并推荐我在《香港时报》、《东方日报》等报刊作专栏写作；自此之后，幸得《华侨日报》、《明报》、《文汇报》、《星岛日报》、《信报》等也给予我涂鸦的机会。

"独上高楼，望尽天涯路"，对于平步青云、少年得志的士人，绝不会领略到晏殊说的这种带着苍凉而幽谧的生活意境。我在过去的四十年中，无论在感情、学业或事业方面，走的都绝非坦途，对那种山重水复、柳暗花明、尔虞我诈、锦花雪炭的滋味，有着无比的感受！但在多如恒河沙数不得志于时的读书人中，我自觉又已是相当幸运的一员了。王国维说："古今之成大事业、大学问者，必经过三种境界：'昨夜西风凋碧树，独上高楼，望尽天涯路。'此第一境也。'衣带渐宽终不悔，为伊消得人憔悴。'此第二境也。'众里寻他千百度，蓦然回首，那人却在、灯火阑珊处。'此第三境也。"

默默耕耘，"衣带渐宽"的心劳力瘁，我是坚持不懈的，当然，如上所说的，"昨夜西风凋碧树，独上高楼，望尽天涯路"的滋味，更是切身的体验。在大半生的阅历中，我抱着一颗纯真朴实、达己达人的童心，和一份埋头苦干、锲而不舍的意志，

在这个物竞天择、弱肉强食的复杂社会和钩心斗角、党同伐异的工作环境里，坚忍，挣扎，保存"自我"。在此一如战场的境域中，我同时感悟到"责任"两字的愈其重要，社会如此之功利，人格如此之自私，都全和"责任"有关，我奋力保持"自我"，强调"责任"。我时常对自己提点："不随波逐流，不沽名钓誉，不纵容冷漠，不逃避责任，不自私自傲"，而要"自作主宰"、"躬自承担"，就以如此的顽鲁思想注入我自己每分每秒的生活历程中。实在，我一生都在寻找一种像我在《人间四月天》一文中所说"以自我的思想注入人生的文人雅士"的生活境界，"因而在这烽烟四起，瘟疫弥漫的大时代里，孤独傲然地依偎在细雨点滴的花前，爬梳于一室书香"，做着"大时代里的小学问"，过着幽僻的人生。

蜚声中外的上海古籍出版社为拙文结集印制，使之与国内广大的同胞见面。出版社对我的"小学问"，实在过爱有加！我是多么欣幸啊！走进"众里寻他千百度，蓦然回首，那人却在、灯火阑珊处"的纯美境界，端赖出版社的支持和推动，那境界，委实令我深深地感悟到了。

这本散文的每一篇文字，都是我在不同的人生阅历中，用着同一的、真朴的、率性的、至诚的赤心，以"我手写我心"的存真点滴。这些文字，部分已在香港的报刊中刊登过，并已由香港的获益出版社于一九九五年和二○○五年分别结集在香港面世,感谢卢玮銮(小思)教授为我曾出版的这两本散文集撰序。此次由上海古籍出版社选择其中十数篇配图辑集,付之剞劂,使拙文在祖国土壤中栽育,我内心的欢愉与感激,难以言喻!

坚持自强,爱己爱人,情诚意真,是我写作散文中最想表达的心意。这本文集的读者,可能有很多年轻朋友。在教学的三十六年里,我一直与青少年们自励自勉,梁启超曾说:"今日之责任,不在他人,而全在我少年。少年智则国智,少年富则国富,少年强则国强,少年独立则国独立,少年自由则国自由,少年进步则国进步。"(《少年中国说》)矢志从事教学及写作的青少年朋友,请你们珍惜一室的书香,坚持一己的信念,奋力自强,爱己爱人,不随波,不逐流,在大时代里做一个真性情、真学问的读书人吧!

社会学大师索罗金说:"爱代表一种伟大的力量。"又说:"爱是宇宙的创造力量。"存在主义大师卡缪说:"幸福不是一切,人还有责任。"奋发自强,爱己爱人,在现代的社会中是一剂岐黄良方。在此,我深深地愿与读者奋力砥勉,是为序。

黄嫣梨

于香港浸会大学历史系

二○一一年七月

从剑桥到康桥

英国剑桥、美国康桥[1]，不但以风景之美驰名于世，同时也是学术界的殿堂。我有幸于一九八三年，小住英国伦敦的三个月期间，多次拜访心仪的剑桥。此刻，几近二十年了，我更欣喜地得到这个难得的机会，可以在美国康桥哈佛大学从事一个多月的研究。每天清早沐浴着朝阳，以二十分钟的轻快步履，朝着哈佛燕京走去时，不意地常会想到二十年前我在英国的苍黄岁月。从剑桥到康桥，足足走了二十个年头，由三十岁走到五十岁，营营役役，诚惶诚恐，剑桥和康桥的迷人景色，和显赫的历史文物，实在未能唤起我的些微兴致。这篇短文在我的笔下，并不是剑桥如何之美，康桥如何之富有气派，却正正是我个人坎坷的人生路程中的一个沉实写照。从剑桥到康桥，蓦然回首，有百般滋味凝在心头。

[1] 剑桥，康桥：都是由英文Cambridge翻译而来，英、美两国都有此地名，两个译法是共通的，徐志摩就把英国的译为康桥。我这篇文章姑且将英国的译为剑桥、美国的译为康桥，以便分别。Cambridge于国内，普遍译作坎布里奇。

1

　　一九八三年的盛夏,我怀着复杂的心情到了剑桥。那时,我大学毕业了几年,仍未能考进研究院攻读硕士,又因为学历的关系,我未能从任职基础课程部的学院调升到大学本科工作,更难过的是,学院已决定将基础课程部停办,那将意味着的,是我难逃失业的厄运了。到中学教书吧? 从八二年年底寄出的百多封求职信中,我终于明白到一个三十多岁的教师,转校不易,转工更难,生计之外,女儿又快要出国读书了。为了她的前途,工作、赚钱,就是我唯一的出路了。如何呢? 我想到以半工半读的形式,或可保留住那一份学院的教职吧! 就怀着这样的计划,我跑到英国去进修英文,依着在英国定居的弟弟,或更可到英国的大学碰碰运气,看看可否进入研究院半工半读。

　　彷徨、沉郁、忧虑、不安,这是我二十年前在英国剑桥的境况,剑桥的清灵俊秀,剑桥的徐志摩新诗,剑桥的哥德式典

作者一九八三年在英国

雅建筑；小桥曲径、流水飞花、芊绵垂柳；还有处处发散着清馥气息的浓荫大树，这一切的美景，在我当时那一颗失意的心底，竟激不起半点涟漪。记得那时的日子，只是无比的落寞，幸有每天的英文课，赚来些微寄托。三个月后，取了英文课的文凭后，我就匆匆地跑回香港，准备考入香港或澳门的大学的研究院，继续实践我半工半读的计划。

回港后，很快地，我便进入澳门大学攻读第一个硕士学位，然后，在香港大学读第二个硕士学位，又再继续博士学位。这样，我终于由兼职、补习、报纸写作、任教夜校等等计时的工作中慢慢转回大学部兼任，然后经过多重申请，再任全职。回到大学教书时，已是一九八九年的事了，距剑桥之旅已七年矣。八九年重返大学执教时，我仍未完成博士论文的写作，仍然是

半工半读的生涯,那一份徬徨沉郁,始终是挥之不去!岁月……在我的记忆中,总是在不眠的晚上,黄卷青灯地爬梳,更可怕的,是经常要找医生取镇静剂以求多点睡眠。医生说:可以暂时放下工作吗?当然不可以!医生又建议:少些工作,多些游戏。这当然也不可以。因为,学位要读,工作要保着,时间要紧握,这样,别人工作的时候我工作,别人娱乐的时候我仍要工作,别人睡眠的时候,我很多时仍然傍灯苦读。一九九二年,我终于取得了博士学位,回首往路,从硕士到博士的攻读过程足满九年,也真算体会到半工半读的生活了。

获得博士学位后,学院的教职可以稳定下来了,但这并不表示我可以轻松下来。在我来说,博士学位仅足以打开学术研究的大门,学问门墙千仞,取了入门匙,更应该好好地运用,何况我的起步比我同辈的人迟了十年以上,我要补回来,这样,我就得展开一个接一个的研究。可欣慰的是,压力减少了,心境开朗了,工作虽繁虽忙,但仍可周详打点多腾出一点休息的时间。

一九九五年,我应邀往英国出席约克大学会议,顺道拜访了久别的剑桥。十二年了,也是盛夏,剑桥绿茵处处,秀丽非凡。这一年,剑桥的美终于打进了我的心坎,没有徬徨沉郁的阻隔了,宁静的心,这时才可以寄语小桥流水、清风明月。

一九九六年,我怀着兴奋的心情,前往美国耶鲁大学作两

个月的访问学人。期间，我也第一次跑到与耶鲁同样闻名世界的哈佛大学。从耶鲁到哈佛，在康桥流连了三天，白天到图书馆见识见识，晚上踏步康桥道，呼吸着康桥清新的空气，短暂的几天，对康桥只是惊鸿一瞥，我就匆匆跑回耶鲁准备讲演的稿子了。绝没有想到，六年后的今天，竟然可以每天置身哈佛大学，从事阅读、写作与研究，对于我这样一个穷了半生岁月去追求学位学问，和几近三十年生活在大学的学子而言，夫复何求？

几天前，我悄悄地逛了查理街，倾情地拜会了康桥，平静

的湖水、划浪的野凫、巧秀的小桥、灵翠的绿茵、娇羞的垂柳，啊！是如此的相似，是如此同样的迷人！我仿似置身于二十年前的英国剑桥了。然而，此刻的心底终于没有了那份落难文人的失意与落拓，反之，一份访问殿堂级大学院的喜悦与快慰，充盈心间，骄阳下、夕阳中、晚霞里，康桥的一花一草、一小桥、一流水，都显得比剑桥更具秀气！更有活力！

从英国的剑桥到哈佛的康桥，足足走了二十个年头，也罢！不想回首，往事却又常常浮泛于心头。人生，贵乎一点盼望，一份斗志，加上永远的顽固与执着，只管耕耘，不计收获，只踏步迈向前方，这样，骄阳，无论在剑桥、康桥，甚或是世界的任何角落，都会照得灿烂无比、如花似锦的！

铜像的故事

　　每天清早经过哈佛校园的时候，都看到一团团的游客，有来自世界各地的，也有来自美国本土的，驻足围观屹立在哈佛校园正中的约翰·哈佛（John Harvard，1607–1638）铜像。游客们争相与铜像拍照，每个人脸上都流露着欣羡的眼神与笑容。犹记得，六年前我到哈佛燕京图书馆的时候，馆长就问我：有否与铜像拍照？我说没有。他即很诧异地表示，来哈佛竟可以错过机会，不跟约翰·哈佛拍照！想来似乎滑稽，也似乎欠了一点东西。我于是诚惶诚恐地走到铜像下，排了很长的队伍，终于拍照一张，心情似安顿了些，觉得这才不枉到过世界著名的学府。那是一九九六年的初秋，

满布校园的绿叶开始转为橙黄，我在夕阳斜照、金风送爽的怡人景致之下，与约翰·哈佛的铜像拍照时，一点也不晓得约翰·哈佛是何等人物。当然，从铜像的铸立，从约翰·哈佛的名字与哈佛大学的名字相联而看，不难想像他当是创办者或创办者之一。拍照之后，看看铜像，奇怪的是，面目为何如此年轻？不过那时也没有去仔细考察，因为，那年只沉浸在耶鲁大学研究，就近来访哈佛，只是匆匆的三天，对哈佛的认识，只是片面的，沉溺于那一份闪闪发光的大学牌子，虚荣地只想叨一点光彩而已。一个未成熟的士人，实在亦难以免俗。

今夏，我重临哈佛，不是短短的行色，而是逗留一段颇长的时间，承哈佛燕京社的安排，在这里从事研究与写作。这样，我才可以每天清晨，在数十名以至数百名围观铜像的游客身边掉臂而过，径趋哈佛燕京图书馆。今次我造访哈佛，心感欣喜，却没有游客拍照观览的心境，所以，至今仍未与约翰·哈佛再次合照。然而，每天早晚往返校园均看到他高高地、气宇不凡地端坐在哈佛校园主园的中央，对他的身世，我开始感到兴趣，就是这点好奇，使我暂时放下手边的工作，到图书馆四处寻觅鼎鼎大名的哈佛的历史。

哈佛原来是美国第一所建立的学府，悠久的历史见证了哈佛的辛酸。早于一六三六年建校时，哈佛学院虽然地处康桥（Cambridge）风景如画的查尔斯（Charles）河畔，但经费贫乏不堪,最初设坛授课时,只有一位教师、四名学生和一间教堂,相当于中国过去穷乡的一所小小私塾。学院创办人都是首批从英国移民到达美国东岸中的一群在英国牛津和剑桥大学受过古典式高等教育的年轻教育理想家。他们拥有着热情和盼望,盼望着他们的后代子孙可以继续在新的家园接受古典式高等教育,因而不辞劳苦,历经艰辛才终能觅地建校。学院创办人之一,英国剑桥大学文学硕士约翰·哈佛,在学院诞生(一六三六年)后第二年就因劳瘁不堪而染上肺病。他在临终时,留下遗嘱,将他的一半遗产(约八百镑)和三百多卷图书捐赠给尚在褓褓中的学院。约翰·哈佛的义举,唤发了新移民对这间小小私塾的热切盼望,纷纷慷慨捐助。

（作者案：哈佛大学校园内的约翰·哈佛铜像是世界上"三个美丽的谎言"之一，有谓铜像不是约翰·哈佛的真像，不过，作者以为纪念铜像神似便可，不一定要与真人相貌一模一样。哈佛雕像的刻者和模特儿都本着约翰·哈佛的精神，通过铜像的铸造去纪念约翰·哈佛本人的事迹和精神，我们又何必去斤斤计较于铜像面容五官的肖与不肖呢？）

作者一九九六年在哈佛铜像前留影

哈佛学院初办时，定名为"康桥学院"，一六三九年，在约翰·哈佛去世后的两年，马萨诸塞州（Massachusett）州议会通过决议，将学院改名为"哈佛学院"，纪念为学院的诞生而作出无私贡献的约翰·哈佛。"哈佛学院"的名字由一六三九年沿用至一七八〇年，即美利坚合众国建立后的第四年，此后才正式改名为哈佛大学。

看到约翰·哈佛的铜像，想到哈佛的历史；从哈佛的历史，更令人对这位铜像的主人翁感到亲切和敬佩。才不过二十多岁，壮志未酬，含着极大的无奈，在极不忍与自己费尽心血耕耘的学校分离的情景下，赍①恨入冥，这是何等的凄怨啊！可是，他虽不能亲见哈佛的成长，但他的不朽精神却永远与哈佛长存。

① 赍："带"的意思。

静静地站在铜像之下，我似乎感悟到约翰·哈佛的幸与不幸。不幸的，当然是学院诞生不久，而自己已被肺病夺去生命。幸运的，则是在他死后至今的三百多年，甚至是以后的

千千万万年，有谁人不敬羡哈佛（大学）的哈佛。每一天，在他的铜像之下，都围绕着一大群不分国籍、不分年龄和性别的人士，瞻仰着这一张年轻睿俊的面孔。虽然人生往往在羡慕尊敬和妒忌仇恨中辗转挣扎，而约翰·哈佛的铜像和他的精神却永远只有受到羡慕和尊敬。

看着哈佛铜像，使我想起了鼎鼎大名的画家梵高。记得有一回和学生闲谈时，问及身为凡人，可会想到在世时以承担痛苦来换取千万年的芳名与千万人的景仰？我当时举了梵高的例子。梵高在世时未尝得到赏识，生活不堪，一贫如洗，郁郁自戕以终，而死后却受到世人如此宠爱，光弥寰宇，真不知是他的幸运或不幸。较之梵高，约翰·哈佛或可说是幸运儿了，虽然壮志未酬，但在人世间却没有遭受如梵高九死一生的折磨。

可能每一个凡人，也盼望过在俗世生活之后，留下一个璀璨的"大名"，不过，可肯定的是，若要有选择的话，则几乎每一个人都宁可放弃"身后名"，而不愿承担非寻常人的痛苦。诚如我对学生上述的提问，得到的答复是明快、了当而直截的，就是：死后无知，管他的，真不如眼前一杯酒！

"今朝有酒今朝醉"，真的，就似乎是这一个时代的人生哲理了，然耶？非耶？我只感到时代的伤痕愈来愈深，人类的生活愈来愈无可奈何！人生的价值，对于营营役役的凡人，那更没有时间去思虑了。

中国学者在哈佛

从张凤女史赠我的大作《哈佛采微》中，我才知道名小说家张爱玲于一九六七至一九六九年曾在哈佛访问了两年半。张爱玲谓自己拙于辞令而敏于事观。张爱玲的小说，除了她的《倾城之恋》、《太太万岁》，其他也是我十分拜服的。从她的笔触之中，已可见出她孤芳的性格和敏锐的体悟力。由于她性格孤傲，她在哈佛的访问期间，都是深居简出，埋首阅读和写作。一位典型才女的性格，在张爱玲的身上充分挥发出来。六年前我到耶鲁大学访问，出发前曾要求香港的作家联会和协会，安排我前往拜访张爱玲，当时她已是几近八十岁的老人。应我要求负责安排我前往造谒的朋友向我解释说，张爱玲独居，足不出户，已完全谢绝一切的约会了，因此，我只好打消了这个念头。一九九六年初秋往访耶鲁，在风雪将临之际，我绕道西美，转折回港。翌年春天，在报刊上即得悉张爱玲的噩耗。她是孤独地在蜗居辞世的，辞世后的多天才为屋主发现，是一个

如此孤清凄美的境况! 她一生卑视凡庸, 超然物外, 至死不渝, 几人能够! 得悉她蝶化的消息后, 我在报纸中写了一篇《吕碧城与张爱玲》的短章, 表扬两位才女的清高品格, 聊表我的一份热挚的敬意。

在哈佛从事访问研究工作的芸芸学者之中, 有我在课室上常常提及, 并多次引用其著作的著名史学家陈寅恪先生。陈先生于一九一八至一九二一年在哈佛大学研究古文字学和佛经。陈先生是史学巨擘, 他死后, 海峡两岸暨香港学术界掀起了"陈寅恪热", 实在是很可理解的。另一位名史学家汤用彤, 亦于同时期(一九二〇年)负笈哈佛大学, 研究哲学、梵文和巴利文, 并于一九二二年获哲学硕士学位回国, 执教于当时的南京东南大学。

我在授文化史一课, 说到中国古民族一节时, 屡次采用了李济先生的研究成果。李济为中国的著名人类考古学家, 亦于一九二〇年进入哈佛攻读人类考古学, 一九二三年以学术论文《中华民族的形成》获博士学位。该论文其后更由哈佛大学出版, 对中国古文化, 尤其是安阳殷墟的考古发掘, 以及小屯文化、龙山文化和仰韶文化, 提供了十分精辟的见解和研究。

曾建议"不要将欧美和东方文化比较优劣"的语言学家林语堂, 在一九一九年前往哈佛留学, 在哈佛取得硕士学位。林语堂笔触幽默, 文意隽永, 大多用英文写作, 名声远播海外。他

作者在哈佛

的《吾国与吾民》，是我非常佩服的一本论集。另一位语言学家赵元任，更较林语堂早四年，即在一九一五年入读哈佛，其后回国任教于清华大学。读过他专著的人可能不多，但不少人都知道他曾为《教我如何不想她》谱曲。

　　未知是否因同乡而与有荣焉的关系，我自小就对国学大师梁启超怀有仰慕之情。梁先生和两个儿子均负笈哈佛大学修

读专业学科。长子梁思成于一九二七年获美国宾夕法尼亚大学建筑系硕士学位后，即进入哈佛大学美术研究院研习一年才回国任职。梁思成其后因他在中国建筑学领域上卓有成就，于一九四八年，获美国普林斯顿大学颁发荣誉学位。梁思成夫人林徽因，不仅是近代负有盛名的女文学家，亦是优秀的建筑学家，他们夫唱妇随，在我国建筑教育和建筑设计上贡献良多。

梁启超的次子梁思永，较其兄长更早负笈哈佛，由一九二三年至一九三〇年，埋首于哈佛大学研究院研究考古学和人类学，期间更屡次参与美洲印第安人古代遗址的发掘工作。一九三〇年回国后，曾任职于中央研究院历史语言研究所考古组，负责国家大型的考古发掘计划，如河南安阳小屯殷墟、龙山与仰韶文化等等的发掘。梁思永是继李济之后，中国

另一位出色的考古学家，两人均对中国文化及其民族起源的辩证，做出了巨大和深远的贡献。两位考古学家都是哈佛大学的毕业生，于此亦可得见哈佛大学在人类学和考古学两个学术领域中的地位。诚然，大家必然知道近年去世的张光直先生，他在哈佛考古学系执教多年，是李济的高足，研究商周青铜等古文化，著作甚丰。

上述的中国学者之外，尚有首批留学哈佛的医学博士刘瑞恒、物理学家胡刚复。哈佛亦以数学著称，在哈佛深造的中国数学家有江泽涵和姜立夫。而教育家竺可桢、翁独健均对我国教育的改良，起着重大的影响。

其实自二十世纪初以来，远赴哈佛大学留学或访问的学者络绎不绝，反映了美国这一所学术殿堂，早已与中国的学术界关系连得非常密切，为中国二十世纪的现代化，造就了不少的人才。

下龙湾

在越南下了船，小船就向下龙湾①驶去，视野不大好，前面的风景都给沉沉的雾雨厚厚地遮隔了，就像眼前拉起一张绵绵纷，白茫茫的一片。霎时间，雾霭由浓而淡，船也愈来愈缓，摩托声随着也停下来了，突然间绵纷换成素缟，慢慢地，一座座的小山丘、小岛屿就在素缟里面像一个个羞答答的小姑娘，在晨曦中、在春睡后，懒洋洋地从房间的深处摇曳着走出来了。船家说："这里的山水阴晴雾雨变幻不定，现在是雾，可能转眼就是雨了，也可能一瞬间就是晴天。那要看天上的积云而定，希望再前去天色转好。希望在人间啊！"船在离合不定的群丘中穿插，船驶近，看清楚了，是石山，是大小磐石的山丘，山丘的顶巅，耸立着一丛丛苍翠的树木，在峻削的石壁上，一两株小树有时破隙而出，像是点点的头绿，青葱可爱，配上浅赭甚至

① 下龙湾：越南北方广宁省的一个海湾，离越南首都河内150公里。其风光秀丽迷人，闻名遐迩。1994年被联合国教科文组织作为自然遗产，列入《世界遗产名录》。2011年11月12日"世界新七大自然奇观"公布，下龙湾也榜上有名。

焦黑的岩石，大有谢赫随类赋彩的画意。

　　眼见的全是峭壁，除了一两座在山顶或在接水的岩石上建有瞭望用的碉堡外，没有居住的房舍。小船在一座座独立的岛屿徘徊以后，再驶向更遥远的地方。奇怪，真是天无难人，天色好起来了，果然由阴转晴，雨收云散，眼前愈来愈清晰了，小岛也愈见分明了。啊！一座座浮在水面的小岛，好像小姑娘准备将身子沉下水去，先将蛮腰紧紧地束扎起来。有些船家就将小船偎靠在那腰带中，温馨旖旎之至。一座一座小岛从不同的角度看去，产生了不同的画景，就近观赏时，她们是亭亭独立的，远望，她们又好像是身影相连的，只有从浓浓的颜色中才可析赏各别的风姿。无论是近观或远望，境界都是别有一番的，一样教人神往。上天下水，潋滟空濛，神态都是醉人的，东坡以西湖比西子，淡妆浓抹，无不妩媚！下龙湾何尝不是？只是这里没有垂杨丝竹，也没有令人销魂的断桥残雪和使人迷离的白公堤而已。

　　鬼面石是船家特别介绍的小岛，山石巉岩，耳目俱备，嘴巴之下，还长有胡髯，苦口苦脸，一尊无奈的可怜相，何鬼面之有？据说这是越战时被美军轰炸成这个面目的，那时，炸毁的远远不止是山，也有文物古迹，甚至民居呢！文物、民居而误炸，已是十分可恶，此山而误炸，更是说不过去。试看，鬼面石的周围全是青山绿水，何军事价值之有！如今，岁月留痕，山石无奈！

从越南的鬼面石，想起柬浦寨、韩国，更想起伊朗、阿富汗、伊拉克，这些何尝不是古代文物大国，一旦顿起烽烟，哀鸿遍野，生灵涂炭，又岂止文物毁伤，山河变容！战争，真使人鄙弃！

重重叠叠的小石丘，伫立在一片灰绿如镜的海水上，孤立绝缘，固然标致，把她们连结起来，更是一道连绵无尽的长廊，是一幅由大自然执笔挥画得神乎其技的庞大杰构。试效天问：大自然如此，俗世的纷纭错杂，是否也可以孤特独立地经营，是否也可以作如是观呢？

饱经烽火战乱的下龙湾，廿多年前，何曾胆敢入梦；而今，反是从心览胜。山河变幻，世情沧桑，何恒之有！

风雨渡轮 —— 奥克兰行旅之一

在奥克兰[1]著名的渡船大楼开设的欣欣码头餐厅（Cincin on Quay Brasserie）吃过圣诞大餐，购了船票，登上船舱，冒着寒风，开始了两小时多的环岛旅程。

最初，我们坐在船尾，主要看的是奥克兰市中心沿岸的风景，船开启，沿岸景致由近而远，由大而小。摩天塔（Sky Tower）长在其中，她就是奥克兰的坐标。

这一天，阴霾蔽翳，风很大，还间杂着几阵疏雨。船愈远，沿岸风景渐渐看不见了，换来的，是一片灰绿如镜的海水。船泊了一个岛屿的海岸后，又向另一小岛进发，再泊一个小岛后，船就远远地驶出海去了。愈出海，风愈大，气温愈冷，为了在心中烙下深痕，我们竟跑上船顶。船顶座位左右排列，座客疏落，寥寥三五。我们坐靠船旁，迎着刺骨的寒风，观赏景致。说实话，

[1] 奥克兰：新西兰第一大城市，全国工业、商业和经济贸易中心，位于新西兰北岛的奥克兰区，它拥有56个小岛，一半是内陆城镇，一半是海边城镇，是一个多元化的水世界。

除了眼前灰绿的一大片海水外，何风景之有？有的只是带雨的风。我穿着的风褛①连戴上帽子，就简直像是个爱斯基摩人了，断断想不到这里是夏天的新西兰啊！风继续刮着，但雨终于歇了下来，蓦地瞥见船头有一对翻制的"铁达尼号"式形象的男女，外子②兆显告诉我，他们是我在瑟缩时从下层跑上来的，不过，造型之后，迅速在头披发乱的情景中退下去了。旅客上上落落是间歇性的，只有坐在右边靠近船头长相像上了年纪的辛康纳利的形象的汉子和他滔滔不绝谈笑风生的朋友就从未移动过，最奇怪的就是衣着不多而且还是夏天的打扮，比起我这个爱斯基摩式的装备，实足相形见绌。

想起了前年在雪梨③，气候更坏，船穿过雪梨大桥后，天色骤变，阴云密蔽，船冲着巨浪，风雨横飞，十数游客但躲在船舱，可说全无景致，冻得靠奶茶取暖，真是大煞风景之至。去年游越南下龙湾，也是如此，不过，观赏下龙湾的大小山石如游览西湖，山光潋滟，山色空濛，宜晴宜雨，和奥克兰甚至雪梨是迥然有别的。

船泊了最后的一个目的地后，开始返航，人也全部上岸了。因为怕风，我们仍坐着原船回航。我们跑回原来的船尾，看着船慢慢地启程。

① 风褛：粤方言词，即"风衣"。
② 外子：妻称夫为外子，与夫称妻为"内子"相对。
③ 雪梨：Sydney，国内常译为"悉尼"，是新南威尔士州的首府，澳大利亚东南部城市，也是澳大利亚第一大城市。

岛，愈来愈远了；山，亦愈来愈小了，心蓦地酸了起来，动荡着大小的涟漪。天地、逆旅、光阴、过客。人生若梦，为欢几何？相遇，终是缘分啊！

德文波特 —— 奥克兰行旅之二

德文波特（Devonport）[1]是与奥克兰遥遥相望由火山形成的一个城镇。从渡船大楼经过十五分钟的航程，一系列带有装饰派艺术风格的小房子即呈现眼中。这里的商店与奥克兰的迥异，她以小型店铺为主，有书店、食店和为数不少的售卖古董以及售卖艺术品的商店。这些店铺品位很高，其中有一间专营装饰艺术品的，有陶泥烧成的砖画，有机制的木刻，有倒模的松脂小摆设，有翡翠色的贝壳工艺品，虽然不是什么名品，但格调不俗，价格匪轻。有一间古董店，品类多不胜数，连三四十年代的照相机也收罗其中，兆显说：有一部与他小时侯他父亲送给他的类型相同，有一部与他曾从小学的老师借过来用的类型相同，还有一部是和他在婆罗洲的朋友送给他的那种类型相同。在凝视中，他霎时把时光倒流到四五十年前去了。兆显喜爱腕表，可惜的是那里偏偏欠奉，寻寻觅觅，找呀找的，终于仍是失望而归。

[1] 德文波特：澳大利亚塔斯马尼亚州北部海港城市。位于默西河口，濒巴斯海峡的德文波特湾，隆塞斯顿西北72公里，是一个充满魅力的历史小镇。

走过了店铺，向上走，就是建筑得雅致可嘉的住宅，那里靠山，车路倾斜；向下走，就是沿着堤岸的大小住宅。住宅和堤岸中间就是人行路、车路、草坪、小径，然后就是海岸。车路不太窄，除相向行车外，还停泊着一行车辆，草坪间栽种树木，相隔并不规则，但如盆栽般，甚是别致。小径以辗碎的贝壳铺成，和着碎沙乱石，步行时沙沙作响。小径与海连接的一边设有金属栏杆，非常雅致。对岸就是奥克兰，无论标志着市中心的摩天塔（Sky Tower），或是著名的独树丘（One Tree Hill）和伊甸山（Mount Eden）都一一全收眼底。一旦退休，来此归隐，别有天地，乐何如之！

Esplanade Hotel就座落在商店与住宅之间，背山面海，是三层的古老建筑，门前树影婆娑，使我想起了耶鲁大学校园内的假日酒店、西湖的香格里拉，也想起了西安的人民大厦，不过以雅致言之，全都不可比并。可惜奥克兰那边已有归宿，否则，小住一宵，聆听涛声，又是多么写意！

看街的日子

在耶鲁大学访问期间，我每天傍晚都有一段看街的悠闲时刻，这是我在香港绝对享受不到的。

从大学图书馆步行回小旅馆的途中，我会在一间规模颇大的法国自助餐厅歇歇。这间餐厅面积宽敞，三面落地玻璃，除了中间的雅座外，沿着三面落地玻璃都设有酒吧式的高桌子，我就爱选向北的，隔着清澈的宽大玻璃，一面喝咖啡，一面写信，写得倦了，就抬头向街呆坐。玻璃之外是一幅绝美的图画，典雅的耶鲁大学校园，在婆娑绿树和哥德式的教堂衬托之下，愈见古朴迷人，庄严的气氛之中透着一股清灵之气，在夕阳薄雾的沐浴下，又有着一种说不出的秀美倩丽。在如斯的优雅环境中，不问世事，无沾俗虑，潜心研读，真是别有天地，不知人间何世。

在这样如画如诗的氛围中，路上行人，都是面貌慈祥，神采从容的。偶尔，三五成群，朝气勃勃的年轻学子嬉笑而过，

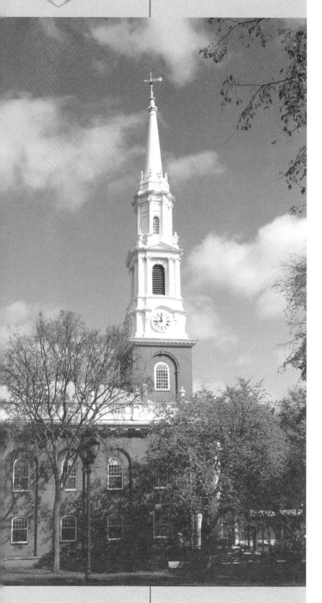

使平静的街头增加了不少生趣。年纪较大的行人多是美国人,而年轻的学生,则几乎是种族繁杂了,不过,他们大都和睦相处,纯朴天真,在他们的俏脸上,我似乎只感悟到努力与才华的结合,什么奸狡欺诈,钩心斗角,似乎全沾不上他们的身心的。

在香港土生土长,在香港接受教育的我,虽然未能如他们般的幸福,但能潜学于这所世界闻名、典雅骄人的学术殿堂——耶鲁大学,实在深感欣幸。我也有

作者一九九六年在耶鲁大学

过一段颇长的,如他们一般纯真朴实、潜心读书做学生的日子。然而,毕业工作以后,我却感受到这颗纯真朴实的心和埋头苦读的一段日子已经与时渐疏了。处身于物竞天择、弱肉强食的复杂社会和互争互利的工作环境中,逼着我在意图保留真我的鏖战中,一直在挣扎图存。可否知道? 我是挣扎得如何的疲累啊! 在异地的耶鲁,我竟然能够从看街的喜悦中,拾回那一种离我久远的童真的感受,这使我在落寞中有旧梦重温的亲切。

耶鲁的秋叶

　　耶鲁大学的每个学院都有自己的独立房子，而每座房子都在树荫的拥抱中，显得十分优雅。整个大学城，树影婆娑，绿茵遍地，衬托着一座座中世纪哥德式的楼房，犹如一个广大的古典欧洲园林。我初抵耶鲁时，已届初秋，凉意渐浓，不过树叶仍是绿油油的、茂盛的，令人心旷神怡，情怀淡宕。我住宿的小旅馆在校园的东南角，是耶鲁大学城较高的建筑物。我每天早上起床，最爱在窗外看树，连绵数里的树，混成一片迷人的翠绿，尽入眼帘。记得我第一次与东亚学系的同事共进晚餐时，就提起了耶鲁的树，他们都兴奋地告诉我：你来得正好，可以看到树的转变，你当会惊讶于其转变之大、转变之快啊！

　　果然，不到一星期，我发觉树上的叶子已开始变色了，由翠绿转为醉红，再不到两个星期，又由醉红转为金黄，而且开始飘落了。耶鲁秋天的步伐似乎比香港要快，几阵凉雨之后，气温骤降，一下子就踏入深秋，算起来也不到三个星期，树上的叶子，都变成金黄色的，间或缀上几片橙红，饶有雅意。只欣赏耶鲁的树叶，我已觉得不枉这次万里之行。我对"绿肥红瘦"的痴爱，想不到也找到很多同好，一位朋友告诉我，他曾经驾上多个小时的汽车，从耶鲁到满地可走了一转，就是为了看一路颜色绚丽变幻的秋叶。幸好，这位朋友的看叶，还未遇上美国东北部十月中旬的大风雨，因为这一场风雨，已使得金黄的叶子都纷纷掉下来了，一夜之间，耶鲁变得遍地都是枯残的黄叶。我拖着满履黄叶，穿插于校园时，回想起初来时映入眼帘的一遍翠绿，顿时深深地领悟到，秋天是如斯的萧瑟、如斯的苍凉啊！

异乡梦

　　在耶鲁大学的访问期间，我每天中午都在图书馆附近的中国餐馆吃饭，日子久了，那位男侍应就与我常常闲谈，我问及他从哪里来，为何在这里工作，为何说得一口流利的英语时，他禁不住滔滔地讲述起他的故事。原来他只是一年前才到达美国新港，他回忆说，他来时刚巧是入冬，不久就下大雪，气温在零下十多度，很不习惯，每天工作时间又长达十二小时，很苦。那么为何他又来呢？他说，四年前他在厦门大学毕业，然后在厦门工作了两年，觉得没有发展的机会，所以和几位同学申请来了香港，怎知在香港生活得更苦。他无奈地带笑说："香港人多，竞争大，我们做着低廉的劳作，住得很糟糕。""于是，我们几个人在香港待了不够一年又跑到了美国，先在纽约唐人街当侍应，继而来了这里。"此刻，他看见没有其他客人，老板又刚好出了门，他就更坦然地诉述他的遭遇："我还是要回到厦门的，那里才是我的根，我计划先在这里做些苦活。你瞧！我每天从早上十一时工作至凌晨二时，完全没有花钱的私人时间，我把钱全都储起来了，再过几年，有了一笔钱之后，我会回厦门去做生意。"说到这里，他变得愉快多了，眼中也充满了希望。

听了他的自述，使我想起另一位大陆青年的故事。约三年前，我在从美国阿尼桑拿大学开会的回港途中，坐在那位青年的旁边。当他看来很困闷，向我倾诉他的痛苦时，他忧戚地说："我申请了很多年，才取得了留学美国的机会，但我在那里捱^①了几个月，总是无法适应，很落寞，很困倦，很想念家，我突然觉得外国文凭也不是什么一回事，我还是决定回国去了。"他继而问我："这做法是不是很可惜呢？"我对他说："最重要还是自己感到快乐啊！"记得，那时只是顺口地安慰了他，可是这几年之后，我在羁旅途中，也真正体验了这番道理，今天，我肯定我的回答是对的！

① 捱：心焦地等待、熬。

作者一九八三年在国外

深巷宾馆

"三十年前我们住的就是这里，可记得吗？那时大清早已开始叫卖，你还说：深巷明朝卖杏花，意境应该差不多吧！"三十年不见，宾馆门庭依旧，只有多摆了贩档！

星河倒逝

三十年了，应该翻新过了吧，又不太像，似乎仍是那时模样。我们讨过人情[1]，由妈姐[2]带着拾阶而上，虽然不是同一房室，但仰视榱栋，俯见几筵，徙倚盘桓，星河蓦然倒逝。"水精帘里颇黎枕，暖香惹梦鸳鸯锦。江上柳如烟，雁飞残月天"，"春梦正关情，镜中蝉鬓轻"，"懒起画蛾眉，弄妆梳洗迟，照花前后镜，花面相交映"，"双鬓隔香红，玉钗头上风"，容颜意态，真个

---

[1] 讨过人情：指给过服务小费。

[2] 妈姐：也作"马姐"。20世纪30年代，顺德丝绸业式微，当地一些本来以缫丝为业的自梳女为了维持生计，就到南洋（马来西亚、新加坡等地）、香港、澳门等地当女佣，这些女佣称为"妈姐"。这里指酒店女服务员。

作者与丈夫兆显合影
（二十世纪九十年代初
摄于英国）

消魂。拍拍照以作他时赏玩。又三十年后，不知人间何世矣。

　　三十年了，澳门，中间也不知多少去来。为学位、为生计，风尘仆仆，总是匆匆地，连市中心也没时间走，即使车子经过，也没闲情稍歇，一两次买手信也是瞥过的。什么十月初五街、红窗门、烂鬼楼等等，也并没惹起浏览的趣致。两个月的特长假期，以为可以远远地抛离尘嚣，却也只是问讯星洲，造访仙台，仍是数天短足。到澳门去吧，一两天也好，于是订船票，找房间，匆匆地跑到威士丁酒店去，以为入山惟恐不深了，只是周围环境过于寂谧，反而器声聒耳，只要姓名一呼，吵声甚于雷霆。跑回市区吧，有意走进买卖最热闹的清平街，这里清静多了，昔人说"有闻无声"，诚然！拐了弯，就是全街房屋的窗户漆上红釉彩的红窗门街啊！

蜜月回首

三十年前，我和新婚夫婿就住在深巷拐角这间小小宾馆。

我们住了几天，算是度蜜月了。山顶、教堂、炮台、大三巴、白鸽巢花园、葡京、赌船、观音庙、妈祖庙、关闸，还有走不完的碎石深巷、绿树婆娑的南环……尤其是南环，她每天黄昏，都见证了三十年前，我们栖迟缱绻的美好岁月。

三十年了，澳门酒店林立，路环的威士丁，氹仔[1]的新世纪、凯悦，都是著名的宾馆。葡京虽说日子久了，但这位于澳门市集要冲，而且建筑的独特，生意的蓬勃，数十年如一日，反复苍黄，见证一世，其为澳门宾馆的标志，谁可比肩？三十年后我们住的威士丁虽典贵有余，然阅世仍浅，对人情的了解，可谓付之阙如。三十年前我们曾寄寓过的这间小小宾馆，无论从哪一方面都距离国际水平很远。不过，对于我这位故人而言，三十年后的重遇，那份蓦然回首的情怀，那种旧梦再温的喜悦，从心底下油然抒发，又绝非其他任何宾馆所能企及的！

[1] 氹仔：岛名，古称潭仔、鸡颈、龙环、龙头环，位于澳门半岛南方约2.5公里处，西面与珠海市的小横琴岛隔海相望，长约1.5公里，阔3.5公里，面积6.33平方公里。

35

巴黎四日游

当天与弟弟到达巴黎莱特车站（Nord Station）的时候，已接近黄昏。

虽然从英国南部的根德（Kent）[1]到巴黎，路程不算太远，但我们已坐了接近五小时的火车，一小时的气垫船（Hoverspeed），身心也觉疲倦。算算看，大后天的下午，我们便得由巴黎回根德，逗留在巴黎的时间，虽说四天，其实只有中间的两天是完整的。这么短的时间，恐怕只能看到这著名"花都"的一鳞半爪了吧。

甫[2]下莱特车站，看到的是一群群杂乱的、夹杂着不同国籍的人群。车站看来很旧，但建筑得颇为宏伟，这令我想起伦敦的维多利亚车站（Victoria Station），所不同的是，莱特车站看来较细小、较杂乱、较五彩缤纷，原因是车站的四周，均挂满了招贴，

[1] 根德（Kent）：英国南部省市。省内最有名的坎特伯雷，是一座古老的中世纪城市，拥有世界级的大教堂，是英国的宗教中心。距离伦敦只有55英里，有便利的公路与铁路交通去往伦敦和欧洲大陆，到欧洲大陆可到多佛港搭乘欧洲之星或轮船，两小时左右就可抵达巴黎或者布鲁塞尔。
[2] 甫：方才、刚刚。

招贴上多是颜色鲜艳的模特儿及袒裼的女郎，琳琅满目，百花争妍，一股浓艳的浪漫气氛，围拢而至。好一个浪漫的城市，好一个浪漫的游子！一浴巴黎的浪漫情调，已是我这一个游子久已心向神往的事。

接车的小叔与友人，早已候于车站。由于我小叔就读于巴黎大学，我们得有机会下榻于他居住的大学宿舍。宿舍位于郊区，离巴黎市中心颇远，不过巴黎的交通十分方便，城市公共交通由短程铁路、地下铁路构成。七个火车站连接十多条长途干线，通向国内和欧洲各国。车站多设入地下，构成多层综合体，最上层是地面交通枢纽站，中间为火车站，最下为地铁车站，旅客可以在同一地点自由换车。我们在火车站乘自动电梯进入下层的地铁车站，不足三十分钟，已到达安东尼区（Antony）的大学宿舍。

宿舍四周绿树婆娑，清幽雅致，环境极美。整个宿舍分六幢楼宇，每幢楼高四层，内分有独立单位三百多个，每单位占地百尺，包括露台。两单位共用一间浴室。其中两幢楼宇为已婚学生宿舍，单位面积更大。整个宿舍占地甚广，每座楼宇相距颇远，中间隔着园圃，花草茂盛。我到之时，正当八月炎夏，叶肥草壮。从露台外望，绿油油的一片，使人心怡神畅，意境优雅，真有说不出的快慰！

当夜我们数人，合力弄了一顿丰富的中式晚膳，享用后，踱

步到附近的一个著名的公园散步，可惜我忘了这公园的名称，印象中，这公园比香港的维多利亚公园要大上好几倍。园内有数座雕刻典雅的喷泉，位于修剪整齐的一排排翠绿的乔木中央；园内又有数个清澈如镜的小湖，湖边花草盛放，在晚风的吹涤下，显得格外晶凝娇嫩。公园于晚上九时关闭，我们未尽兴游而返，回程时又遍游了安东尼区的几处著名的大街。法国楼房建筑精美，多数是复式的别墅形建筑，或三四层的楼宇。路面宽敞，市容整齐，环境清幽，置身其中，总有一种悠然舒畅、雍容华贵的感觉。

翌日是游览巴黎市最繁忙的一天。我们清早起床，由于时间紧迫，只得把行程排得很密。我小叔笑说这是"香港式"的行程，与法国人民的闲适缓慢的节拍，恰成对照。

我们首先向市中心蒙马特高地区的泰尔特尔广场进发。这区绿树成荫，环绕着中世纪的圣心院、画廊、画摊、酒吧，也是有名的巴黎市红灯区。

圣心院座落于致命山上。致命山一直是个宗教胜地，公元二七二年，巴黎首任主教圣德尼在此小山下致命[1]，从此这座小山便称为致命山，并成为朝圣胜地。圣殿是在一八七〇年兴建的，建筑雄伟，属罗马皮桑丁式，正门系传统的纳德克式，两傍竖立有圣路易及圣女贞德骑马像。四角有四个小圆顶，正中有一

① 致命：丧命、捐躯。

座宏伟的大圆顶，殿侧是一座据称为西欧最巨大的萨华雅钟楼。圣殿内有多个祭台，正祭台上的基督圣体，发着耀眼的光辉，令人肃然起敬。

从圣心院下山，步行约二十分钟，就可看到世界奇特的画摊区了。潦倒流浪于巴黎的外国画家或是未能成名的法国画家，纷纷在此展出他们的作品求售，或者以十多分钟的速度速写一幅游人肖像，取得一二百法郎的报酬以供糊口。他们的作品，大多都有极高的水平，其中更不乏神笔妙手。他们可能是生不逢时，难以在这市侩的俗世中立足吧。步出画摊，走向红灯区，想一观巴黎旖旎浪漫的色彩，但心内涌起一种无限怅然的感觉。

午饭后，我们首先参观了博堡大街上的庞比杜艺术与文化中心。这中心是世界最现代化、最奇特的艺术馆，有"世界文化工厂"之称。它外表犹如石油化工厂，钢架林立，管道纵横。水、电、空调管道全部暴露于墙外，连电梯也是罩着透明壳在室外升降的。中心内分六层，因为没有柱子，面积更见广阔，也没有固定的墙壁。而活动墙壁可按需要而应用。这里经常展出法国最新的工业产品，或陈列不同流派的艺术作品。据说这文化中心是已故总统庞比杜倡议兴建的，耗资达二亿美元，目前每年的维持经费也要数千万美元。

从博堡大街乘地铁到巴黎市中心的"市岛"，我终于一偿

多年的心愿，游览了秀丽的塞纳河及矗立于市岛中心的巴黎圣母院。

塞纳河娇小柔丽，清明如镜。河水缓缓地流经法国北部，注入英伦海峡，宛如一条银白纯色的练带。踱过塞纳河畔的露天茶座及沿河摆设的路边画摊，到达市岛中心，雄奇宏伟的巴黎圣母院，肃立眼前，心底悠然起了无比的景仰。还记得雨果对巴黎圣母院的称颂吗？"伟大的建筑，就像高山一样，是几个世纪的产物。"这座哥德式的伟大建筑物，从一一六三年开始兴建，历时一百八十二年始告完成。又还记得雨果的著名小说《巴黎圣母院》吗？小说与圣院互相辉照，分别在欧洲的文艺史及建筑史上建立伟绩。圣母院是巴黎最古老的教堂，但经多次的维修，看来仍十分簇新。屋顶、塔楼均建造尖塔，纤巧灵秀；内部祭坛、回廊、墙壁、门窗皆以绘画雕刻装饰，色彩明艳，线条分明。位于大厅两侧的大门窗，其绘画之精细、色彩之柔和，堪称为划时代的创作，早已闻名天下了。伫立窗下，仰观精巧的窗花，院外温馨的夏日阳光透窗映照，浑成一片迷醉的紫红色调，线条明亮，空旷而高昂，令人肃然起敬。回望正殿大厅，庄严宏伟，据称可容纳九千人进行宗教活动。圣母院底层有三座大门，最有名的是"圣母门"，进门入内，即见由晶莹玉石雕刻成的圣母像，放在大厅正中。圣婴横卧在她的膝盖上。圣母面上流露着爱的凄悲神色，这正是宗教人物特有的严肃与仁

作者一九八三年在法国巴黎

慈的性格，他们似乎专为了走艰难坎坷的道路而来到人间的。

步出圣院，默默地向着地铁站缓缓前行，心中仍然萦绕着敬仰的感觉。把人提升到神的神圣层次去，也给这污秽的俗世带来了不少救赎与慈爱，实在是何等的伟大！

如果说，巴黎圣母院是古老巴黎的象征，那么，艾菲尔铁塔就是现代巴黎的标志了。甫出地铁车站，不到几分钟，便从雅致的大街楼房顶上，遥望到铁塔的上端；再步行十余分钟，整个铁塔即呈现在眼前。小时候已屡次从父亲口中听到这个闻名中外的铁塔名称，因为父亲十分向往巴黎的缘故。想不到，父亲未能一偿宿愿而辞世，我却有机会一观这铁塔的风貌，内心起着一种莫名的感伤。艾菲尔铁塔座落在塞纳河左岸马尔斯广场，塔身呈四方形下粗上细的放射状，巍然耸立，甚为壮观。游客可乘电梯登上塔顶。三层平台设有餐厅、

游艺场、瞭望台等。我们因为时间匆促，未有登上塔顶眺望。当天到塔下时，已近黄昏，相信在塔上远瞩巴黎市之斜阳日暮，当有一番情致。据闻艾菲尔铁塔建于一八八九年，为现代铁塔之祖。

从铁塔乘车至爱丽榭田园大街，不到二十分钟。这条街道全长一千八百多米，道面宽敞，可并行十行汽车，两侧行道种植着参天的栗子树，外道旁是停车场，横道以地道及地铁走廊代之。道旁有巴黎最豪华的百货店、夜总会、银行、影剧院等。我们行色匆匆，自然未能尽览。大街西连庄丽的凯旋门，东连古朴的协和广场，一片雄伟的景象，令人叹为观止。

凯旋门矗立在十二条林荫大道的正中，远观近看，同样显得雄奇宏伟。门下是无名烈士墓，长明灯终年不熄。门内刻着跟随拿破仑征战的三百八十六位战士的名称，门外雕刻着著名的《马赛曲》组雕，雕刻工夫极尽精巧，那当中振臂高呼的自由女神雕像，尤见栩栩如生。

协和广场占地四万多平方米，据称是欧洲第二大广场。广场中部竖立了一座从埃及神庙运来的方尖碑。碑的左右，置有两个同样款式的人工喷泉，泉的正中都以细腻的人兽雕塑装饰，喷射着晶莹澈透[①]的水柱。广场四周环绕着绿茵广阔的草地和百花竞艳的花圃。远眺塞纳河畔，绿树成荫，暮色之下，清风徐来，

① 澈透：犹透彻。

心怡神朗，整天遨游奔走之疲倦于此也似觉尽失。我们决定沿河踱步，跨过两侧置有大理石雕像的华丽大桥，迈向一代枭雄——拿破仑的安互里德灵寝。

灵寝位于一片广阔草地的尽头，建筑甚为雄伟，米黄色坚固楼房的中央，竖立了一个金色圆顶的宏丽建筑物，四周围着一系列的古炮，分外显得庄严，可惜的是我们到达时可能太晚，安互里德已经关闭，未能一睹这个枭雄的灵柩。

我们返回巴黎市另一区享用晚膳时，已是华灯初上，置身于那巴黎市雍容华贵的大街、五色缤纷的商店及浪漫醉人的餐厅中，不禁使我从心底里发出赞颂。也感谢我的小叔及友人，在他们殷勤热切的招待及带领下，使我在一天之内，饱览了这花都繁华美好的一面。

第三天的清晨，我们已踏进巴黎罗浮博物馆。我们打算整天逗留在这里，其实，再花上几天，也不能尽览罗浮博物馆的珍藏。

罗浮宫之行，一直是我梦寐以求的事。而且从书本杂志中，对这闻名中外的博物馆早已略有认识。它是法国最大的博物馆，原为皇宫，一七九三年改为国立美术博物馆。分古代埃及艺术、古代希腊及罗马艺术、古代东方艺术、中世纪及文艺复兴时期雕刻艺术、工艺美术、绘画艺术等部门。法国的雕塑绘画作品较为齐备，馆内有收藏品达四十余万件。

作者一九八三年在罗浮宫
胜利女神像前留影

　　从地铁站远观罗浮宫，已惊叹于它的雄奇宏伟。正宫与两侧的副宫，组成了一个中世纪式典雅而庞大的建筑物，建筑摒弃了传统的尖顶、圆顶格式，采用平顶结构，上面站着一尊尊栩栩如生的人物雕像。正宫大门则保留着一座宏高的大圆顶，门前有偌大的草地，草地上有喷泉，也有雕像。

　　刚进大门，步入长廊，即见几个雕刻精致的古米索不达米亚区式女神头部雕像。仰望楼梯顶端，著名的古希腊有翼胜利女神尼卡的雕像，屹立正中，振举两翼，姿态壮丽。宫内分多间大厅小室，无不金碧辉煌，楼顶装饰精巧雕塑，地面披盖名贵地毯，室中配以特等家具，陈设稀世古玩。在这些华贵的大厅小室中，我们参观了极其丰富的意大利、荷兰、法国、西班牙的绘画及巧夺天工的希腊、罗马雕像。令我印象最深刻的，就是达·芬奇的《蒙娜丽莎》及米罗的维纳斯女神雕像。读万卷书，行万里路，互相印证，面对这样伟大的杰作，真是赞叹不已，使人悠然忘返。

　　在巴黎最后一天的上午，我因为对美不胜收的罗浮宫艺术品有着无穷回味的兴致，终于踏上巴黎第七区的梵安街，在清幽的园林别墅内，参观了巴黎另一著名的艺术宝库——罗丹美术馆。

　　罗丹是法国最负盛名的雕刻家，他以千变万化的雕像，给我们看见生命的真实和艺术创造的意义。

　　美术馆是一座两层楼的华贵住宅式的建筑物，座落在一个栽满树木的园子内，园里立着罗丹的杰作《地狱之门》、《加莱义民》、《沉思者》……都是铜制，在露天之下给风雨侵蚀得斑斓不堪。陈列室可以看得出是住屋的形式，分有多间房间，房间内放着罗丹的雕塑，墙上挂着素描，除了罗丹的作品外，还有卡里叶、雷诺阿、莫奈、凡高等人的制作。

　　罗丹的雕塑大致可分两种，一为雄强而带悲剧性的铜制雕像；一为细腻柔和的大理石雕像。前者有著名的《青铜时代》、《加莱义民》、《行走的人》、《雨果胸像》等。后者有《达娜哀》、《吻》、《神之手》、《沉思者》等。最令我神往的是石雕的《吻》及铜铸的《神的使者》。

　　《吻》表现的是男女爱情的优美性及绝缘性。《神的使者》是一件了不起的作品，表现了罗丹创新大胆的精神，一个体育式的运动旋律，将两腿辟开的女子青铜雕像中，罗丹打破一切因袭的禁忌，扫荡一切掩饰与遮拦，赤裸裸地坦敞了阴性的形象。把俗世的所谓邪渎和丑陋，升华为美的象征。

　　离开罗丹美术馆时，已届中午，匆匆用过午膳后，便与弟弟收拾行装，准备回程。莱特车站依然是人烟混杂、一片喧哗。过去三日多以来朦胧美妙的梦境，也随着疾驰的火车而趋向终结。但我将永不会忘却那五花八门的建筑和美不胜收的园林；那雍容华贵的大街和五彩缤纷的商品；那庄严宏伟的圣院和典雅奢丽的画廊。这一切一切，也将成为我生命重温的美梦。

记得一位欧游后的朋友，这样地题过一首诗：

可曾记得

曾经是未来的

现在已经成为过去

梦境的凝聚

因行动已升华

只存留一些印记

我们将因此

谁也忘不了谁

就让我默默的保留着这一份印记吧! 犹如旧梦重温似的亲切温暖而怅然。

文字情

无论何时，漫步于荃湾①的山水塘畔，我都凄然想起了父母亲在四十多年前游览此地时的几首诗作：

> 一江绿水绕荃湾，远眺红树伴青山。
> 飞步幽径寻古寺，狼吞野食三叠潭。

> 青山绿水伴荃湾，曲径游人去复还。
> 遥闻古寺钟声磬，三潭泉涌响潺潺。

> 端阳佳节荃湾游，回环溪水绿悠悠。
> 三叠潭中飞瀑布，普陀古寺堪人留。

① 荃湾：是香港新界的一个地方，荃湾新市镇及荃湾区的主要部分。

是打油诗之类的竹枝词，也都是即兴的。诗写于一九四九年，第一首是父亲的；二三两首则是母亲的和作。当年父亲在

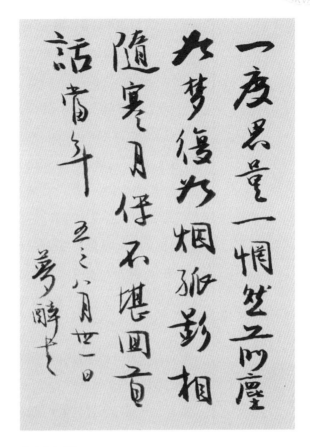

作者父亲手迹

港营商，母亲从穗来港探望父亲，他们同游三潭普陀寺。从此
荃湾的山山水水，便深深印在他们的心间了。双亲作此诗时我
尚未出世，诗成三年之后，我才走到这个世间来，翌年，母亲辞
世了。在我的记忆中，父亲在母亲去世后，也写了一首诗：

一度思量一惘然，前尘如梦复如烟。

孤影相随寒月伴，不堪回首话当年。

　　以后，父亲就没有再作诗了。但每次父亲酒醉，总爱大声朗诵母亲的三潭普陀二诗的，所以我从小就对这两首诗十分稔熟。在大学时，我颇好诗词，诗总写不出来。父亲有时似乎显得很是失望，总爱说："学学妈妈吧！看！她的诗文多优美！"

　　大学刚毕业，父亲弃养，怀着凄惋的心境，我屡屡于故箧中，检读父母亲的手泽，看到三潭普陀时，心中就有着一种难喻的感受。踏足在荃湾水库的曲径上，我更会默默地背诵着这几首诗作。青山悠悠，绿水森森，丽印着的，是多少岁月的痕迹！

　　已经有好一段日子了，没有在故箧中检读父母亲的手泽，我自己也有点莫名的感觉，为何近年来的心绪，如此紊乱？工作又如此地压得透不过气来？青山古寺，老藓苍苔，变得印象模糊了，倒是夜阑人静，黄卷青灯的情味愈来愈深，在难以成眠的夜里，我是多么地想念父母亲啊！默默的星夜，我甚少有雅意去背诵双亲的诗了，却不时下意识地默念着父亲在母亲逝世后写的几行短章：

　　一个残春的深夜，黑漆般的长空，镶着几颗半明半暗的寒星，还飘着纷纷凄迷的小雨，象征一年容易又遇清明，但忆惜去年人渺，辗转难寐，前尘影事，幕幕现在眼前，不知是幻是实？唉，人生如寄，无乃太认真！"天地乃万物之逆旅，光阴乃百代之过客"，一切云烟，年复何言！

人生有尽，而情意无涯。回想双亲生前喜爱以诗文互赠，与母亲阴阳隔别后，父亲仍爱以诗文抒抱，深情痴意，既芊绵，又温馨。此种夫妻情、文字结，与今日庸碌的风月苟合，相去实在太远呢！

给
你
的
信

朋友：

　　新春的日子，我总是感慨千端，觉得日子一天天、一年年地消逝，人也不断地跟着转变了。年纪大了，对过往的时光愈发有着一种浓浓的爱意。嗯，朋友，我不知要写什么，思路似乎已凝阻了，我总不能预想，因为过去的时光总是只有回味的。过去的一刻是不能再重新出现，因此，我爱朱光潜的两句话，他在《诗论》中说："在感受时，悲欢怨爱，两两相反，在回味时，欢爱固然可欣，悲怨亦复有趣；从感受到回味，是从现实世界跳到诗的境界，从实用态度变为美感态度。"朋友，我们也会写诗，能填词，这境界更是历历如睹，诗词是诗人生命的表现，也就是生命的别一个称呼。朋友，我曾对你说，我的诗词是我的日记，可以简单地叙记，但也可说详尽地记事，我把感受推到诗词方面去了。

　　朋友，诗的境界是一个只有诗人才能领略得到的境界，一个感受后回味的境界，也是一个创造的境界，更是一个绝不虚伪的境界，我常常把我陶醉于其中，一个孤立绝缘的诗的境界是只有诗人才能领略的。朋友，过一世孤立绝缘、不受别的宇宙所压逼的人生，就是作了一首绝好的诗，因为所过的人生是艺术的，是诗的境界，是美的升华。我们同样最鄙视宇宙交连的人生，朋友，让我们互相勉励，互相珍重，让我们彼此都能度过一世艺术家所见出的人生和一个诗人所创造的境界好了。

经过了多日的淋雨，栏上的花卉明翠起来，玫瑰花萎了又重新开了，万物总有萎谢的时光，便再有繁荣的日子，只是把萎谢的时光等待过了，荣华的日子必会应运而来的，荣了又枯，枯了又荣。朋友，又是春天了，看呵！山的颜色不是又翠绿起来了吗？万物荣华的日子不因秋冬而枯萎的。张景阳诗不把秋色写作黄赭而写作萎翠，为什么？朋友，诗人是能够创造万物的。宋祁以"红杏枝头春意闹"来迎接春天，多么热闹。贺铸的"试问闲情都几许？一川烟草，满城风絮，梅子黄时雨"，又把春天变得如斯之浪漫。朋友，诗人不真真是能够创造万物吗？我们同是诗人，携着手，高歌着，我们正创造着一个诗人的境界呢！呵，朋友，我们是多么的幸福。这个诗的境界，诗的人生，我们得要好好地珍惜着啊！

你的朋友

一九九四年二月三日

在哈佛读贺麟《哈佛日记》

在哈佛大学，环境和心境都寂静得有些孤闷，唯一可做、想做的便是看书。每天都很有规律地到哈佛燕京图书馆，左翻右翻地看一大堆书。草草用过午饭，又回到图书馆爬梳。五时正，图书馆关闭，才收拾好当天抄下的笔记，数数看，书翻得不少，蛮满足的，就带着这一点满足感洋溢着喜气缓慢地走回寄寓的 Friend Inn。

这样的生活，说实话，虽然孤闷，却又使我第一次真正地感到自己像一位学者。在香港，太过于营役，太阻于机栝，何来这许多时间看书？不看书，如何能当学者？道理简单不过，只是在香港生活的时候，很少会去想。

在哈佛看书时，意外地看到贺麟的《哈佛日记》。贺麟生于一九○二年，四川人，一九二六年毕业于清华大学。一九二六年至一九三○年在美国奥柏林大学、芝加哥大学和哈佛大学留学。贺麟是中国二十世纪初的著名哲学家，专研黑格尔哲学。《哈佛日记》是他在一九二九年至一九三○年的两年中在哈佛

作者一九九六年在哈佛燕京学社前留影

留学时撰写的，日记内容主要记载他每天读过什么书，写过什么文章。从《哈佛日记》可以看到一个真正的读书人，可以一日无饭，却绝不可以一日无书。

贺麟在他的日记中，常常替自己的论文做一个清晰的撮要，饶有意思。譬如他作好《道德和审美的价值》一文后，即将此文的大意总结在日记中，以为："注意才情之所在，即价值之所在；心思精力之所寄托，即价值之所寄托。价值与道德上之

善恶无关，普通人之所认为恶者，只要合于上述标准亦自有其相当之价值。"这种论调，不落俗，不迂腐，在二十世纪初能如此豁达，尤为难得，即在今日读之，仍觉智慧盎然！

《日记》对中国古人物的评论亦甚具创见，譬如于五月二日，贺麟读毕蒋荫麟评胡适《白话文学史》后深感荫麟"对于李白人格之了解，远胜胡适"。蒋荫麟如何了解李白呢？贺麟精辟地指出："荫麟谓李白一生实一无穷之冲突，卑抑与高傲的冲突，入世与出世的冲突。"其识见实是目光如炬。

从中国古人，贺麟说到中国近人。中国近代的文人，"自己不努力，不详究事实之真像和原因之所在，而凭空以骂人自高，实中国文人之劣根性，不知何时方有转变之望"。从一九二九年至二〇〇二年，已经渡过了长长的七十三个年头，可惜，贺麟对中国文人的劣根性"转变"的盼望，非但丝毫未能实现，而

实况是这劣根性更变本加厉，几乎到了无可回头的地步，就如《诗经》说："如彼泉流，无沦胥以败！"

其实，人的劣根性实在太多，贺麟有很巧妙的举例："有许多人须得待之如女子，常常馈赠他物件，与他说几句亲热话，而不必与他认真谈学术问题和国家大事，方称其心。"又："有许多人须待之如小儿，常与之开小玩笑，摸摸他的头，拍拍他的肩，并散给些糖饵与他，方是待他的正当办法。"更"有些人妄自尊大，不可一世，只恨没有苏格拉底出来揭穿他的破绽，使他露出原形，自己毫无所长，骂人刻薄万分"。此外，还有很多如蛇蝎的小人等等。在日常生活接触的人物中，确实存在着这种种令人烦厌的小人，如何应付呢？我极其赞同贺麟的方法："抱性善主义。""认为凡此种种，都是由于他们知识上及习性上有了缺点。"所以，该抱着宽厚的心怀，"一律把他们当做'人'待。把他们当做有先验的自我而且是自身目的的'人'待"。好极！小人遍于天下，虽是非人，也一律暂且以"人"待之，让他们沾沾自喜，以为自己确实是"人"好了，和他们说短论长，实在有所不暇！

对于西方哲学，贺麟更有精彩的演绎，例如五月四日晚贺麟读哈卜浩《发展与目的》一书，得到的启发是："心之目标或目的在求谐和，只要心能统贯一切，主宰一切，则人类世界均只有趋于谐和之境。"五月六日读柏格森《创化论》，感悟："机

械论者及目的论者，皆重理智，重实用，把生命看得太死。"因此提出："彼所随感而应，变化无方之生命冲动以为生命根本。此活力既非机械的，亦非目的的。其变化无穷，不可究诘，只能在直觉中领会之。生活就是此活力与死的物质奋斗作战的历程。"如此阐释生活，确具慧眼，凡人多的是没有奋斗作战的意志，故统统成为物质的奴隶。能具有奋斗之心者，一定要坚持着"吃得苦""勇于承担"的精神，诚如贺麟五月十九日的日记中，记读毕《孙中山与中华民国》一书，所云"中山一生艰苦卓绝之精神，实令贪夫廉，懦夫立"。

今日的社会，贪夫、懦夫处处充斥，什么样的中山精神，也实在难以令这些贪夫、懦夫有所改变。作为一个知识分子，看到几十年来的社会风习，人心趋向，每况愈下，不能不有凄酸无奈的感觉，惟有一如贺麟《哈佛日记》中所说的，"我是抱性善主义的人"，所以我不厌世悲观，我仍乐意与人往来，甚者，更积极的，我仍在作出点点的努力，一方面讲授中国文化的厚德观念，一方面教导学生爱己爱人。不过以一个渺小的读书人的力量，去承担一个知识学人的使命，能作出的贡献，到底有多少，这恐怕不能去计数了。

归家

我爱我的工作，我尤爱我的家！

放学了，这才是五时多，无论如何，学生的习作、论文大纲、讲义的影印、幻灯图片、答应的稿债、未覆的信件，重重叠叠，一堆二堆，用过的书、准备的讲义，像窗外青山，永远的横亘着。啊！如何可以不顾而去？清理一下吧！如此一清，又是一两个小时，但桌面、架顶、座椅，似乎还未挪移过，七时多了，算了吧，始终都得舍它而去！

为了身体强健，每日走数千步，可以了吧，于是，走出校门，踏上归家之途。

沿着联合道走，医生说，走要急，对身体才有用，对！反正归心似箭，于是提直身子，大踏步，两旁景物视而不见，听若无声，好不威武！

其终，还是苦了自己，汗流固然浃背，面颊鬓发，汗珠簌簌而下。为了仪容，算了！

从缓步开始，虽然没有掉臂而行那么潇洒，但旁边楼阁，眼前树影，终觉怡人。墙角的一枝花，路旁的一撮草，你走近她时，她会向你微笑；树影婆娑，她会为你遮阴；路灯明亮，她会随你生辉；如果月上了，她会向你招呼；道路上的车子熙熙攘攘，她也会响号问好。所谓鱼鸟迎人，山花带笑，境随情换，物与心迁，好一段归家途程也！

犹记得我在西环教书时，一放学，要赶夜校，本来在公共车上，可以欣赏一下街景的，但究竟撑不住，失仪地瞌睡了。从西环到官塘，呆着，真如走了半个世界，只有在梦乡才好打发。在湾仔教书时，最为写意，因为教的时间少，功课又不多，课前课后，总能在附近散步，那里环境清幽，花香鸟语，有时清风徐来，胸襟廓然。望望天，看看地，行行且止，别有一番情味。只要走上过海车，优哉悠哉地就回到家了。虽然入不敷出，只要你捱得住，勉强知足，也不太坏的。

谁人不归家？除了有座驾直驶府第，谁人不每日走归家的路？但谁又懂欣赏归家的道途？谁又能享受归家时心境的欢悦！谁又能欣赏归家后的欣慰！不论高门大宅，竹篱茅舍，只要是家，就有家的可爱，就有家的欢乐，就有家的温馨。悲欢离合，阴晴圆缺，都是世间常事。有时，事皆已尔，就要放得下了，"知其不可奈何而安之若命"。有时，真是除此别无他法的。"圣人安于其所安，不安于其所不安；众人不安于其所安，而

作者二十世纪八十年代在居家附近的小花园

安于其所不安",漆园之吏,不是已经看得透彻了么? 世上有无数的人没有家,也有无数的人有家而归不得。我们已经有家了,又可以归了,为何会有"不安"的情怀呢?

朋友,只要是家,就能释解烦恼;只要是家,就能解决一切;只要是家,就能令你平和舒畅。

"乃瞻衡宇,载欣载奔",家! 我的脚步开始加速了。

人间四月天

三月二十八日，黄昏授课毕，匆匆赶往公开大学出席"林徽因座谈会"的途中，接到因瘟疫问题而被迫取消座谈会的电话，我默默地将林徽因的"你是爱，是暖，是希望! 你是人间的四月天"的情怀暂且收敛下来，转往归家的路途。随之，学校停课，我开始关坐书房，努力地为上海古籍出版社"花非花丛书系列"撰写文稿。踏入四月，我除了忙着写作、阅读，也忙着翻报纸，看电视新闻，眼底耳边，所见所闻的四月天，无论如何也看不到"是暖，是希望"!

虽然"爱"还是有点凝聚；但眼前的人间四月，真个是阴晴不定，冷暖弗常，春瘟弥漫，烟雨霏霏；在地球的另一角，更是炮火连天，生灵涂炭，令人目不忍睹!

更还是四月的第一个黄昏，声、色、艺俱全的"最后一个西关大少"（引用董桥先生语），带着那一脸沉聚的忧郁，一如徐志摩的遗世独立，悄悄地，"挥一挥衣袖"，"作别西天的云彩"。那西天的云彩，如果仍然是属于人世间的，那么，覆盖着的，总是数千年挥之不去，而更且愈来愈变本加厉的"到处是奸淫的现象，贪心搂抱着正义，猜忌逼迫着同情，懦怯狎亵着勇敢，肉欲侮弄着恋爱，暴力侵凌着人道，黑暗践踏着光明……"（徐志摩散文诗《毒药》）的人间四月天。

奇怪的是，我从来未有如今时今刻如此实实在在地感受到人世间四月天的残云淡霭、断弦破竹！以往的无数个年头，每逢春暮，感觉的都是一种模模糊糊的，似闲非闲、似愁非愁的惆怀怅绪，有时就像冯延巳说的："每到春来，惆怅还依旧。日日花前常病酒，不辞镜里朱颜瘦。河畔青芜堤上柳。为问新愁，何事年年有？独立小桥风满袖，平林新月人归后"的那一种无以名状的抑郁与苦闷！此刻，又在细雨浓烟、愁云苦雾的暮春时节，我却感觉到以前的那一份年年都有的春愁，真真的可以说是"少年不识愁滋味"的玩意儿。彻骨的愁！无泪的苦！煎熬至今年今日，倒真无奈地笼罩着整个宇宙的人间四月。

常常想到英国诗人汤麦司哈代（Thomas Hardy）的诗句："年轻，什么都争论；老了，如今什么都分明。""争论"是因为仍有疑惑，故此仍有盼望；"分明"是因为只有无奈，故此默然接受。从峭寒透心的三月中旬至此细雨雾风的四月中旬，看到的，是如此一个地地道道"贪心搂抱着正义、暴力侵凌着人权"的地狱人间。杀人者，可以堂而皇之地号呼着"解放人民"、

"伸张正义"、"建立民主"、"履行人道"；代执行的杀人者，只有无奈地和冷漠地去厮杀、厮杀、再厮杀……，于是，被杀害的人，只有永远拥抱着仇恨，在疯狂的人世间接受疯狂的恶运了！数千年前，中国大哲庄子已有"窃钩者诛，窃国者为诸侯，诸侯之门，仁义存焉"的慨叹。悠悠千载，人世间的偏见、自私和无奈，真不知仍要蔓延到何年何月？

人，在无奈之中变得随俗，在随俗之中变得冷漠。冷漠，到底是看透世情？还是逃避现实？在这个是非混淆、价值倒置的大时代里，似乎没有多少人去刻意推敲了。冷漠，随俗，却能平衡着庸人在这忧患寡情、功利虚伪的俗世中的困惑和惶恐。这是人世间的悲哀。人要摆脱这种悲哀，先要自我作出非凡的承担！

自我主宰，自我承担，以"自我的思想注入人生"的文人雅士，是注定一生也摆脱不了孤愤和嫉俗、苦恼和忧郁的。存在主义强调个人，以为任何人都有他个别的生命意义，每个人也有自己的生活方式，人人得以表现他们的真实个性。它的最终目的，是使个人对于自我的尊严与自我的价值获得完全的自觉，并且自己负起本身的完全责任。我不了解自己是否"存在主义"的信徒，但我厌弃随波逐流，不屑虚名伪利，因而在这烽烟四起、瘟疫弥漫的大时代里，孤独傲然地依偎在细雨点滴的花前，爬梳于一室书香，做着"大时代里的小学问"。

作者二〇〇四年参加"亚洲妇女问题的
检视与展望"国际学术研讨会时留影

　　在电话中，知道林徽因的座谈会将于五月再行举办，令我
再次想起了林徽因的"我说你是人间的四月天；笑声点亮了四
面风，轻灵在春的光艳中交舞着变。……你是天真，庄严；你是
夜夜的月圆，雪化后那片鹅黄，……你是一树一树的花开，是燕
在梁间呢喃……你是爱，是暖，是希望，你是人间的四月天"！
是啊！在战火中传来反战的声音，在庸碌红尘中听到了清弦雅
韵，在瘟疫惶恐中凝聚出互助互爱的暖意，风雨凄迷的人间四
月天，终究还有爱，还有暖，还有希望，让我们在这个凄风苦雨
的人间四月天散发多些人间的爱吧！"爱，代表一种伟大的力
量"，"没有了爱，便没有天使之音，没有了神的语言，没有了一
切人性最深奥的知识，所有人类可贵的精神和文化赠礼也将消
失"！(社会学家索罗金语)一切的忧患都是考验，在考验中，才
会创造爱，才会回复那"是希望的人间四月天"！

我的丈夫和女儿

"就这样吧，和以前一样，只要看到狮子山，有点灵气，那就够了。"凭着兆显的话，又"再"把家搬到现在的地方，这已是九年前的事。

本来，我们初婚时，为了经济，也为了继续完成我四年的大学学位，我们和兆显父母一家同住；女儿呢？请自己母亲带养。兆显返学，我上课；放学回家，兆显批改学生作业，我赶功课，假日把女儿接过来，聊聊天，就这样，四年过去了。

我毕业了，找到工作，在一所中学教书，经济转好了点，我和兆显似乎都希望有我们自己独立的家。

要有自己的家是不容易的，首先要租房子，因为我们有很多书，不让房子稍大，上万本的书如何安放呢？本来要自己买一所的，但交付首期的款项简直无法应付。那就交付昂贵的租金吧，于是我们把房子租下来，请学生帮忙打扫、上漆、整理、搬书、搬家具，加上搬运公司，摆摆设设，地方虽然狭小，但我们

作者与女儿嫩婧合影

终于有了一个自己独立的家。女儿呢？因为无法照顾，仍在父母家抚养，不过，因为和父母家邻近，方便得多了。

　　兆显是一个古籍和艺术的爱好者，他在中学时已爱好阅读中外文学和艺术的书籍，在大学时又得名师在国故学方面的指导，打下了扎实的基础。毕业后，在中学教书。几年后，兼在专上学院任课。兆显除了读书和写作以及练习书画之外，别无爱好，读书写作就是娱乐，娱乐就是写作读书。最终，他离开了中学的教席，转在专上学院任课和在学海书楼作公开的讲学。

学海书楼是清末民初几位太史所创立的,书楼的藏书后来捐给政府的大会堂图书馆珍藏,讲学则和香港中文大学合作,也和香港市政局合作,把讲演的地方和时间扩大延长。初期的讲师,如赖际熙太史、陈伯陶太史、朱汝珍太史、温肃太史等,皆在其中,可以说,学海书楼的讲学是香港历史最悠久的公开国学讲座,以前主讲的固是硕儒宿彦,听的也绝非凡辈,不过,现在因为国学并不受人重视,而且士子学的也绝少经典古籍,听讲的人相对减少了。

我们在土瓜湾的家一住就是十八年。在十八年中,兆显出版了几本文学的著作,同时也积聚了如南宋三家词、文天祥诗、魏晋南北朝诗、《尚书》、《孝经》、清词、《大戴礼记》几本厚厚的讲稿,也翻译了十来篇西方艺术论文;由一九八 年至一九九二年,在美国、韩国、西安、澳门、北京和香港开过十次以上的师生书法展览;创立了香港南薰书学社和南薰艺苑。兆显说十八年的土瓜湾蜗居没有白费,用奋斗代替了闲适,用成绩换上了享受,他实在乐在其中。

我呢,十八年干了些什么?早期在中学,包括日夜学,每周五十多节,不停地授课。读了两个硕士学位、一个博士学位,出版了几本研究论文的专书,写了一大堆散文和随笔,进香港浸会大学任教。

以一个已婚的女子来说,攻读三个学位并不容易。因为攻读期内，一方面要教书，批改习作，一方面要打理家务，照顾女儿，虽然在这方面，兆显和母亲相助不少，但父母家境的变故，实在使人心身沮毁。父亲的猝逝，叔父和舅父从病魔缠身至离去，大弟的夭折，三弟的远行，此伏彼起，沤浪相随，母家人少，亲戚零落，除了兆显和二弟之外，办起事来，可说是没有别人代劳的。

我是学历史的，攻读第一个硕士学位时，我的论文偏重文学，研究汉代妇女，研究院在澳门，时时要跑到澳门去，风雨不改，炎夏匪易，导师罗忼烈教授治学又一丝不苟，功课实在压得我喘不过气。第二个硕士学位是在香港大学攻读的。这篇论文更难，因为港大是世界著名学府，学者林立，从别间大学转入已非易易，而且论文内容又是有关人人耳熟而资料奇缺、问题殊多的宋代才女朱淑真，要通过论文和答辩，真是谈何容易。博士论文的题目是关于清词人蒋春霖的研究。蒋春霖的时代是清中叶太平天国的时代，蒋氏的词号称"词史"，清朝与太平天国的史事葛藤其中，而且当时的文人心态复杂，去就进退维谷，社会、经济、民生如在倒悬。我一方面要清楚了解当时的政治状况，民生情态；一方面又要仔细训诂蒋氏诗词的典故，从而去诠释他的兴托所在，并以隅反当时的文人心态。从汉代妇女、朱淑真等人的妇女研究转入男性的文士探讨，是历史文化和文学的多元糅合，这不能不说是一个冒险的尝试。

作者一九九〇年在上海图书馆撰写《蒋春霖评传》时留影

从三篇论文改写的《汉代妇女文学五家研究》、《朱淑真研究》、《蒋春霖评传》已经由港、台、大陆分别出版了。我感谢我的老师、我的母亲、外子兆显和女儿嫩婧，没有他们的谅解，我是谈不上有任何成就的。

搬了家，我们怎样呢？

九五年五月，夏威夷之旅是我最高兴的日子，以前外出，都是论文的宣读，无大兴致。那一天，女儿嫩婧大学毕业了，我和兆显参加她的盛典，我分外喜悦，比我取得博士学位时还要高兴,我盼望多年的日子终于来临了,做母亲的我,是多么的欣幸啊!两个月之后,女儿回来了,凭她的本科学历,在酒店找到了工作,她有自己的朋友,也有她自己的生活圈子。

兆显继续在专上学院中文系任课,读书、写作,也再开了两次师生书法联展,商务印书馆替他出版了一本堂皇的书法集;我出版了散文集《喝采》、中学辅导书籍《中国文化导论》,还编著了《张若名研究及资料辑集》、《香港浸会大学校史》,我继续在浸会大学历史系任教,也继续研究,继续写作。

爱与智慧
——论青年人应否在求学时期谈恋爱

西方的一句流行谚语这样说："良好的人生，是受爱引动并受智慧指导的。"这是说，有爱而无智慧，或者有智慧而无爱，都不能够产生良好的人生。智慧代表着人的识见，而爱则属于感情领域，人是有感情的动物，自然不得缺少爱。恋爱与婚姻，也是人类自然情感及人性的一种表现，但这种爱的表现，若缺乏了智慧的引导，不但不能够产生良好的人生，反之还会有损人生的幸福。

求学中的青年男女，往往对于恋爱，都抱着一种虚浮的态度，寻求着短暂的欢乐，这些态度都由于忽视了现实的环境及缺乏识见所造成的结果。今日的学生生活中，盛行着一种"玩艺儿"，就是喜爱在求学期中找寻恋爱的伴侣；更且觉得恋爱是学生生活中应有的一环，自己少不得也要凑趣应景，否则即是一个缺陷、一宗羞辱，所以无论校园内外，均可以看到一双双的"情侣"在并肩携手。诚然，这现象是极其普遍而寻常的。

但这些陷入情网的青年学生，却往往只视恋爱为流行的玩艺儿，缺乏真诚的态度及应有的智慧，以至带来很多烦恼。

莎士比亚有一首诗，诗中说："犹豫的心情，太快的失意，战栗的恐怖，绿眼的猜忌，这一切闲情都已烟消云散。啊！爱情：且慢，镇定你的狂歌；节制你的喜悦；不要过度，我禁不起你这样的祝福！少来点吧，我怕承受不住！"

这是一首谈及恋爱的诗篇，诗中叠有"镇定"、"节制"、"不要过度"等字样，可见真正的情感，是要经得起抑制的，也要经得起种种阻碍，才不致损坏良好的人生。朱光潜在《诗论》中有一段话："一般人的情绪有如雨后行潦，夹杂污泥朽木奔泻，来势浩荡，去无踪影。诗人的情绪好比冬潭积水，渣滓沉淀净尽，清莹澄澈，天光云影，灿然耀目。'沉静中的回味'是它的渗沥手续，灵心妙语是它的渗沥器。"诗人华滋华斯（Wordsworth）曾说："诗起于经过在沉静中回味来的情绪。"虽然他们所谈的是诗，但爱情也该如此。艺术的境界不当附有抽象的思考、实用的目的在内，爱情自当如此。不是吗？伟大的爱情就像一首美丽的诗篇！

说起来，对于恋爱，一般人都抱有美好的幻想。对于婚姻却常都抱有可怕的观念。西方有一句流行话："结婚是恋爱的坟墓。"记不得是谁了，曾对婚姻有这样的形容："婚姻这领域着实奇特：在外面的人渴望着要进去，而身历其境者，都老想溜

出来。"到底婚姻是否一件可怕的事情？却要视乎个人能否正视这问题。若我们能了解到婚姻的真谛及愿意在婚姻事业上负起应有的责任，则婚姻能使我们获得人生的幸福。

我向来不赞成"结婚是恋爱的坟墓"这一种狭见。唐君毅先生对此有一番精辟的理论，他说："中国夫妇之原不相识，由结婚以生感情，此乃先有生理关系，而后建立之精神关系。夫妇愈久，而精神上之关系愈深。此即为一由自然生活以至精神生活之上升历程。而西方之由恋爱而结婚，先有精神关系，而降至生理关系，则反为一原则上之下降历程，故结婚或成为爱情之坟墓。"我们不必全同意唐先生的说法，但他的看法极有意思的，价值是肯定的。婚姻是人生自然过程中的一个重要阶段，也可以说是男女恋爱的另一个阶段。青年男女在恋爱中，以爱情专一为重，同时也有创建另外一个天地的倾向及梦想。对婚姻，往往怀有一种追求理想的期望，认为爱情的力量，可使一切理想化，能冲破、克服现实的阻碍与困难。不少青年，以为婚姻的失败，乃是由于没有爱情或不能坚持爱情所造成的，因此只要有爱情，饮清水也可以度日。这种想法，虽然十分崇高，却未免过于天真虚幻，是现实环境中所难于实存的。

我认为婚姻是另一种恋爱的开始，这种恋爱，已没有先前恋爱时那么的扑朔迷离，那么的充满幻梦，而是幻梦踏入现实，给爱情切切实实考验的一个新阶段。在恋爱时期中的青年

作者在家中书斋

男女，总把对方看得很高。他们洋溢着欢乐的思潮，共怀意愿，要努力去使将来和自己共处一生的伴侣喜悦，这时期他们所需求的，是纯真的爱情。可是，纯真的爱情，却未必能促成美满的婚姻。因为，随着婚姻这一个新的恋爱的开始，男女双方都要互相真正地深入了解，共同去解决现实环境中的种种遭遇，这时期他们所需要的，除了纯真的爱情外，还要有恒久的忍耐、尊敬的恩义。我们常听到人说夫妻要"恩爱"，所谓恩爱，即恩义及爱情，因此我们不要忽视这份"恩爱"的力量。《圣经》中《哥林多前书》第十三章曾把"爱"的定义形容为："爱是恒久忍耐，又有恩义（Kind）……凡事包容，凡事相信，凡事盼望，凡事忍耐。"

由此也可以看到婚姻所要求的爱，并非是浪漫的情感及无数不切实际的梦幻，而是持久的恩义、出乎诚心不求报偿的给予及能面对现实、经得起考验的精神及躯魄。蔡孑民先生把爱情说为："为所爱者保其康健，宁其心情，完其品格，芳其闻

誉。"如斯种种是经历着恒久的忍耐、宽恕及谅解的。现今的青年,大多往往出于满脑子装着对婚姻生活的扭曲和虚浮不实的观念,如此而步入婚姻,其不失者几希!

至于青年学子是否适宜于谈恋爱或结婚,我认为这是一个见仁见智的问题。其实在人生的过程中,恋爱与婚姻本为极自然的事。青年人精力最弥满,最怕的是寂寞,愈寂寞就愈感觉有需求异性关怀的迫切。水凝则不通,不通则不畅,不通不畅非水之性。人性寂寞则心有所郁结,郁结非人之本性,凡人皆要动,这是天理,也是人性,所谓"人法天",而"天行健",所以动是人之本性,人既愁郁,抒发的冀渴就必随之而至。饮食男女,则青年人的求开怀舒抑,自然以异性为对象了。故尔青年人谈恋爱,原是十分自然的倾向。但由于伦理的、宗教的、法律的、经济的及社会的种种关系的复杂,纠纷的繁多,形成了很多理由使青年人不适宜于过早谈恋爱与结婚。最常见的反对青年人谈恋爱结婚的理由,就是传统的一种说法:恋爱的正常归宿是结婚,结婚的正常归宿是生儿养女,成立家室;青年正处于学习时期,尚没有事业成就,在经济上也未能独立,负不起成立家室养育子女的责任。诚然,此一生儿育女的说法,最能使青年人望之俨然,畏而却步。但我总觉得若把婚姻的目的只看作是生儿养女、传祖继宗,则未免受宗法思想所困蔽而全忽视了个人的幸福,也未免把婚姻的价值看得过低而且卑劣。中

作者一九八九年在上海社会科学院

国人往往受着一种错误的传统思想所萦惑，使男子受限于继宗耀祖，女子则受限于生产和养育的范畴内，大大地抹杀了个人在婚姻里的真正福乐。

我认为青年人若能面对现实，以真挚的情感，循着自然的倾向去追求性爱的生活，是顺理成章的。但有一点必须注意：青年人性格或人格的成熟常晚于体格的成熟，青年人在体格方面尽管已是成年，惟在心智方面还处处流露出稚气。据两性生理学而言，男子尤其如此。在二十余岁的美好年龄中，他们心中还装满着幼稚的幻想，没有多方面的人生经验；对现实的一知半解，情感易于浮动，理智和意志的脆弱，爱情涵意的懵惘，性格的易于转变等等，促使他们易于冲动妄作。当他们钟情于某一女子，他们马上就会陷入沉醉如痴如狂的状态，误以为天下之美，尽在于此，以为爱情会自动解决一切难题；若目的不达或所爱者移情别向，他们便感到一如世界末日，人生已全没有兴味，他们觉得非自杀不可了；或者目的已达，而结婚却成了"恋

爱的坟墓"，从前的幻梦一遭现实的打击而变为痛苦，一切进取心及奋斗意志，也会因之而减削。许多有为青年的前途，就这样因盲目的爱情而轻易毁去了。

人在爱情的宇宙中是盲目的（我所谓盲目是一种不计较实用、不理会现实的心理状态），但如要进入此宇宙内，是该带着眼睛的。故尔，青年人谈恋爱结婚，先要了解现实的境况，和认清恋爱与结婚的真谛及恋爱的责任感，不要抱着虚泛不实的态度，把自己沉醉于自制的空中楼阁里，自欺欺人。在今天男女社交公开的生活中，恋爱自然很可能。若你所遇的伴侣，是一位有爱有智慧的异性，是一位肯负责又能在婚姻及事业上和你齐心同愿的人，那是极好不过的事。既然"遇"上恋爱了，双方必须认清它是一件极严肃尊贵，同时又是一件正常、平常的事、双方不应视为儿戏，但也不应沉醉在浮泛的幻影里，而把理智丢得一干二净。双方该用最诚真的态度对待它，用审慎的智慧开导它，用坚强的意志力维护它，这样才不会损坏爱情的崇高，才不会疏忽婚姻的实切。结婚了，双方该在婚姻的爱情中，斩荆斫棘地在情爱与恩义里携手共进，这才是男女对爱情及婚姻的正确态度。

清音

　　由于禀性的刚烈，我自小对人对事都很固执，爱恨分明，遇事容易激动，因此动辄倍感气愤，情绪偏激。可是，却不知从什么时候开始，我觉得自己改变了，变得感情麻木，脑筋冷静，对现实的冷酷与打击十分适应，极不如意的事情也能淡然处之，言语行动很少偏激。朋友笑说，这是心态老化的表现。是否衰老，我并不介怀，但我确实感到的，是心内的那一股热情，不知在什么时候，竟换来了一份凄清的感觉，一种无以名状的抑郁与苦闷，重重地压在心头。奇怪的是，这份抑郁情绪，竟驱使我对思想及写作更感兴趣，以前搁笔①千斤，如今杂着一种苍凉的情思，笔端倒是轻快得多了。

　　阅读古人的诗文集，其中佳作，也似乎多是他们在饱尝风霜后中年以后的篇什。这些作品所反映的心境，是阅世后的凄酸，而不是少年时之悲愁；在韵味方面，自然是更为浓烈的，譬

---

① 搁笔：执笔。

79

如当一个人初遇到一桩打击时，他会因极度的不如意而失望沮丧，这种猛烈的不快便是感伤。在这时候，情感高于理智之上，言语行动容易偏激。不过，待事情过去久了，或是受了多次挫折之后，对冷酷之现实适应过来，脑筋冷静，理智抬头，看透了人间世上原是苦闷的，只是自己当初把这种悲哀放大了，笼罩着整个的宇宙和人生，于是虽然在某件事情上不再那么执着，但眼前的景物是没有不带着"凄清"的。这时，伤感激动的情绪是冲淡了，代之而起的是一份无可奈何、欲哭无泪的凄清感受。试看，李清照《永遇乐》的："不如向帘儿底下，听人笑语。"令人一唱三叹，爱不释手，就因为这种凄清的音韵与情味能让读者引发遐思的缘故。

等待

在一条狭窄的小巷，一个年约五六十而手中拐着竹箩的老人，拉长了声气，一壁[1]走一壁捡拾地上的杂物，对摆鞋档[2]的人说："一睁大眼睛，就等时间过，等待日落，好容易才到天黑。日日这样，不知捱到何时了？"

鞋档的人说："有得捱总是好事。不见陈伯前月拉掉[3]；卖报纸的老丁现在还在医院呢，一年了！我们比他们已幸福多了，干吧。人生不干活不成啊。"

对，"有得捱总是好事"。"人生不干活不成"。等待日落，太可怜了。人生总有目的，总有意向，意向与目的，都是我们自己定出来的，每一个人的人生目的和意向都不同，实在没有所谓标准的人生意义，从客观而言之，我们不能非难一个享乐者，也不必称誉一个孜孜[4]为善的人。因为享乐者的人生意义就是

① 一壁：也说"一壁厢"。犹言一方面，表示一个动作跟另一个动作同时进行。
② 档：粤方言词，商摊、店铺的意思。
③ 拉掉：死去。
④ 孜孜：同"孜孜"，勤勉、努力不懈。

81

享乐,我们只能说不同意;孳孳为善的人之所以被称誉,因为他合乎你自己的人生。

离开道德伦理,享乐与为善都只是一个客观的事实,要享乐者去为善,他固然不能;叫为善的去享乐,他内心亦不会快乐。天下万物总是不齐,不齐而要勉强齐之,总不合自然,也是不必要。

庄子说:"长者不为有余,短者不为不足。是故凫胫虽短,续之则忧,鹤胫虽长,断之则悲。故性长非所断,性短非所续,无所去忧也。"不过以社会道德言之,人生总该带点道德性、社会性。既生于此世,我们就该奋力生存,披荆斩棘,为自己做点事,为社会做点事,为人类做点事。不能自暴自弃,妄自菲薄。更不能轻生死掉,亦不能贼人害物,盗名盗货。

① 尸居余气:谓人暮气沉沉、无所作为。

我们该尊重生命,让生命迸出火花,让此火花点引盲瞽与无知。为什么要尸居余气①地那么自毁地去等待日落啊?

82

永别了，爱

十四年前的秋天，我开始踏入生命之途，从此以为能在充满快乐的家园里成长，同时又有慈祥的祖母和智慧的母亲来爱护。岂料到今年今日，从美丽的希望变为无可挽救的凄惨遭遇，不知我之命运是否注定是悲苦？抑或是我前生修下了什么恶果？

十三年前，母亲病逝内地，父亲正孤身独处外地，得闻这令人震惊的消息后，怆惶归来，直待这一切悲痛的事情平息后，又挽住了如泉的狂泪，离我而去。别时，曾留书给我，云："嫣梨爱女：汝母往何处去了？汝母往何处去了？汝没有情感，汝没有理智，一切的一切，也没有感觉，汝知道汝之命运注定了么？前途只有一个苦字，汝不知汝前生修什么的恶果？梨：汝之天真，汝之活泼，一天一天的消逝了，渐渐转变汝的人生观。'亚妈，亚妈！'任汝呼天，任汝抢地，谁个怜悯汝，外婆又不愿见汝了，唉！无母是贱，无父是贫。梨：汝母已亡，汝父之生命，汝能知

否？"

去年，我初阅此书，真不知是凄酸，抑是苦楚？经过了十三年的风吹雨打。岁月消磨，我心灵早已雪亮，况且世上一直被颂为最甜蜜的恩福，早已没有我的份儿，我还要乞求些什么呢？纵使如今我还哀思追寻着这深悲酸楚的残痕，但这又能在我的心灵的深处，加上多少的痛楚？回溯当年，还不满一岁的我，只是一片模糊，对于痛失慈母那人生的第一杯苦酒，凄酸苦辣，仍尽是一片模糊……

在悠悠的生命道上，我对于母亲，自始至终不记得，不认识她，然而，从照片里、从祖母的话里、从祖母的泪中、从祖母的笑中，我对这位不知已往何处去了的端庄智慧的母亲，逐渐地认识了，知道了，并且爱了，死心塌地爱她了。

幼时，我爱挨坐在祖母的膝上，依偎着这唯一能弥补我已失去母爱的祖母，我意念回旋，尽是甜蜜温馨，犹如躲在母鸟翼下的雏鸟。我痴凝着、含笑着、梦幻着、凝视着祖母那垂垂老去的容貌。岁月催人，祖母苍老的脸上，已是满布了皱纹，记得还幼稚无知的我，总爱抚摸着祖母满头苍苍的白发，用我的前额，抵住了她的面颊，娇痴地问道："祖母，为什么您有这么多火车路？"祖母笑了，带着那老年人均有的慈爱的笑容，用她那充满怜爱的眼光看着我，凝想地、含笑地、低低地说："我虽然有这么多火车路，但还没有火车行过呢。"我就伸出一只手指，

作者少女照（摄于一九六四年九月七日）

沿着祖母的皱纹蜿动，如柔丝般地蜿动着："火车不是行着吗？"我仰着脸，看到了祖母的笑容。祖母笑了，我也扑到她的怀中笑了。回想起来，真有无限的羞愧。然而，这多年来，我因着这回想，寸寸都是甜蜜的，分分都感到有无限快慰与安宁。

十三年来，祖母就是用她的坚强无尽的爱来包围我，使我慢慢地在宇宙中发掘了神秘的自己，认识了活在我心灵里的母亲。我爱自己，也爱母亲，然而，对于祖母，我更是敬爱依附，十多年里，在祖母的怀中，我闭目感受，只觉万缘俱断，曾有如水的离愁，曾有如丝的乡梦，有快慰，有幽怨，有轻笑，有清泪，有夸耀，有彻悟，也有时千依百顺，有时只弄娇痴……

对着唯一能弥补我已失去母爱的祖母，我感觉到，幸福仍还没有离弃我。

这已是半年前的事，那只是半年前的我。如今，一切消逝了，如一缕轻烟、一场美梦，又如人生长途中的荆棘丛中的一朵香花点缀。如今，烟散了，梦醒了，花也残了，待到雨过天晴，已是另一个世界，留下的，只有无限甜蜜温馨的泡影。至今山穷

水尽的途上，哪里是我应走的歧路？

右是刀山，左是火海，今时今日，我走在生命路的两旁，地上只有衰草，只有落叶，只有曾经过风雨的凋零的躯壳与心灵。霎时前的秾郁春光，顿成隔世！回溯往年无识无忧的生活，只有无限感慨，惊觉十余年的春光，不堪回首了！

这一次生命如浪击的挑战，早在三年前已降临了，当医生说出祖母是患上癌症时，这一次永别，就开始逐渐刺入我的生命中，在我的心灵里蒙上了阴影。我心灵上只有颤栗，只有恐惧，只有祈祷。然而，人生之逼临，如狂风骤雨，一场悲惨的现象，还是终于跳跃出来。至今，我颤栗回顾，仍尽是悲凉，此后就是一个无告的孤儿，独自赤足拖踏过这万枝荆棘，又是何等的飘零凄苦！

此刻，我寂然凝立无语，精神全隳，心里是彻底地死去般的空虚。只觉四周的一片昏乱迷糊中，眼前是一双橙黄色的白洋烛的幽辉，透过模糊的泪幕，画出抖颤的长纹。我无力拭去眼前的泪，抬头看见了照片中的祖母，那布满了皱纹的慈容，还是带着老年人均有的慈祥的笑容，用她那充满怜爱的眼光凝视着我，欲语无言。此时此刻，我只觉心中绞痛——其实，我的心也早已破碎了。

我又再一次尝起人生这第二杯苦酒了。我自幼便是一个没有母亲的孩子，母亲在我刚出生九个月时就去了；她去了，带走了我必得到的慈怜温柔的母爱；在我幼稚无知的心灵里，从此就刻下了永补不整的创痕。幸而那时还有我的祖母，她爱我，紧紧地将我从充满绝望、空虚、无告、千愁万绪当中拯救出来，搂在她的温柔慈爱的怀抱里，她赐给我快乐、幸福，以及我最需要的爱，她爱护我，令我重新得到温暖，修复我心中的创痕，使我得回一个充满幸福的心。

然而，现在，唉！现在！我的"偎依慈怀之甜蜜温馨梦"已成泡影了。我从前那颗充满快乐幸福的心，从此也随着我至爱的祖母一起埋葬了，深深地埋葬在九泉之下。从此，呵，从此！还有谁来给我安慰？给我温暖？给我快乐？还有谁来爱护我，关怀我呢？我的心坎，从现在起，已完全黑暗了，破碎了！这心永远再无法重整了，永远不能复活了！我纵使流尽我的如泉的狂泪，尽写下这惨痛悲冲的经过，然而，这能在我的心灵里，减却多少悲哀呢？这还能在我的心灵里，减得多少痛楚呢？

前三年冬，祖母不幸得病，留医玛利医院[1]后出院，回家休养，于是我们一家又欢叙，共过了两年。不料，好景不常，数月前祖母病势突然沉重，送入伊利沙白医院[2]，在院中，幸遇修女，领受洗礼，自此归于天主，圣名圣玛利大。后转送留医于天主教

① 玛利医院：即玛丽医院，是香港的主要公营医院之一，同时亦为香港大学李嘉诚医学院的教学医院。医院位于香港岛西部的薄扶林。
② 伊利沙白医院：又译作伊利沙伯医院、伊丽莎白医院，是香港一所大型公立急症全科医院，位於九龙油尖旺区的京士柏南部，加士居道及卫理道一带。

慈善医院。最可怜儿媳稚孙，哪忍看慈母几个月病榻呻吟，心中如万枝针刺。这两年来的悲痛沉吟，这多个月来的恐惧辛酸，竟得到这么一个刺骨的结果，唉！我们又怎想及竟到了今日之一天，叹世事恍如一梦！

三月三十日下午，我曾去医院探望祖母，祖母已病得不成样子了，瘦得出骨，面容更见惨白，眼皮也静静地闭上了，气息微弱到连话也不能说一句。我坐在床沿，欲呼无声，只凝望着祖母的睡容。祖母慈祥的脸庞，经过半年的病榻缠绵，早瘦得下颌尖削，两颊深陷，脸色苍白没有一丝血色。我俯下身去，不住地在她耳边轻轻地低唤着，祖母如同失去知觉似的，闭目不答。四周惨默了很久，祖母的眼皮，突然微微地跳动，随之慢慢地张开，用她的无神的眼力，凝视了我一会，又慢慢地盖上了。我骤地发觉到她的眼光浮白，目光似乎已散了。我忽然起了一种莫名的恐惧！

① 妈妈：此指继母。

莫名的难过！这时，妈妈①也来了，我们坐了一会。最后，我们临走时，我俯头在祖母耳边告诉祖母，半晌她才喘息着说："你们走吧。"

呵！"你们走吧。"这一句，就是祖母最后说的一句，这一次探病，就是我和祖母最后的一次见面。呵！忍心的天，你为什么不早告诉我，让我长守在祖母的枕边！让我长守在祖母的枕边呢！

　　三月三十一日，祖母在病榻痛苦已达终结了。当我在学校里接到父亲叫我回家的消息时，我如同被刺了一刀，顿感神魂俱失，忙向学校请了假。我刚走出校门，眼里便满了泪，成绩的记挂，身体的不适，眼前的彷徨失措，回家后可能的凄痛恐怖的事情，都涌到心上来了。我挽住如泉的狂泪，在街上飞奔，我听见身前身后汽车擦过的声音，然而，我还顾得什么呢！我不敢再作无谓的胡思乱想，除了把以后的一切都交给上天之外，还有什么办法？

　　一进家门，已看见继母惶恐的情绪，我知道眼前已是一片沉黑的了。我的眼泪，也不能再强忍下去了，半拖半行地踱入房，呆呆地依坐在床沿，静默了很久很久，终于倒在床上祖母的衣服上痛哭，偶一抬头，看见墙上的壁钟，那时是十时零五分。

　　我急于去医院见祖母，可是妈妈却说要等父亲和弟弟回来才一起去。电话响了又响，医院不断地催促我们尽快赶去。就在医院第三次打电话来的时候，这一个极不幸极悲痛的消息，终于降临在我的身上，刺入了我的生命中。当妈妈缓缓地告诉我的时候，我几乎神经错乱！我简直不敢相信我的耳朵、我的存在，仿佛世界上的一切都已临到了尽头。我仿如当头一棒，又如万箭穿心，血液顿时凝结，心灵顿时堕落……我祈求着，我希望着，现在只是在梦中吧。然而，事实的确是摆在眼前，我最

亲爱、最慈怜的祖母，已经与世长辞了，带着她的慈爱纯洁的灵魂，永远依傍在主的旁边了。

祖母去了，一切已经太迟了！我不能见到祖母最后一面，我不能陪同到祖母的临终，我不能听到祖母最后一句嘱咐的话。一切已经太迟了，太迟了！只有在我的生命中，刻下一次最大的遗憾。

当我们一家赶到医院的时候，祖母曾睡过的病床已经空了，用白布围住，正在被紫光灯探照着。据护士告诉我们，当祖母还有些气息时，她们即打电话通知我们，可惜时间太迫促，我们不能立即赶到，当祖母不幸逝世的时候，那时正是上午十时零五分。

呵！十时零五分，我猛地忆起了，清清楚楚地记起了，我那时正伏在祖母的衣服上哭泣，真想不到，当我的眼泪一滴一滴地流下来的刹那间，一切都转变了；希望而转变成绝望，充满快乐幸福而转变成充满悲伤苦痛，我由充满爱而转变成充满恨。一切都转变了，转变得这么快，令我意想不到的这么快。

祖母的遗体已搬运到医院的一个白色的小房间，我们随着护士的指引进去时，只觉冷彻心腑，俯看祖母慈祥的遗容，真是百感凄恻，我真不知那时自己是悲抑或是哀，我如同木人似的呆然站着，不言不动，不笑不哭。直到我踏出了这小房间，看见灰蓝的长空，一缕缕微风飘过，一片片树叶凄然惨动，我把头垂及胸前，才发觉泪珠盈眼，正一滴滴地从面颊泻下……

我是否正在领略人生？凭着多少凄酸经历，去跨人生神秘的门阈？去夺取太阳的光和热，把生活的光聚得炙热发烫。呕尽心血，倾尽泪水，尝尽人生的苦悲，去渡过人生多少重刀山火海？生命的波折使我心灰意冷，多个月来的读书计划全归泡影。眼前惶恐凄痛的遭遇，令我心酸肠断，知道从此也要尝尽人生失望与悲哀的滋味。我已深深地感觉出宇宙间的凄楚与孤零，惊觉出人生的痛苦，是何等的短促，是何等的虚伪，是何等的梦幻啊！

那晚我整夜都不能安睡，百感交集，意念回旋，以往甜蜜辛酸的联忆，都涌到心上来了。往事依稀，追忆只有无限感慨，惊叹这十几年人生恍如一梦！

父亲终夜不寐，痛哭失声。凌晨四时，父亲站在我的床边，哭着哀述他的前尘往事、凄酸经历。悲痛真挚之言，句句使我闻之凄怆沉痛，心惊胆跃。当他叙述到最鲜明、最凄酸的一段旧事时，不禁哽咽着，嗬然大哭，泪流满面。令我心中更是凄酸莫名，不知如何是好，又没有安慰他的精神与力量，只有无言倾听，默然对泣。在这种景况之下，直拖了一个多钟头。我无声的泪水，已湿透了我的枕头。

祖母的身后事，真是令我想不到的那么完善、庄严与简单。葬礼行的是天主教仪式，祖母安息之地，是一片翠绿清雅

的永远坟场。

四月一日，祖母辞世的第二天早晨，我们一家就到达永福寿殡仪馆，等候祖母放大的相片和到医院殓房接收遗体的灵车。那时我已经置身心于度外，只余下一个空白的躯壳，犹如一架被人驱动的机器。茫然的心，何等矛盾，复杂不定。既不敢想像将要来临的情景，更不敢幻想以后的一切一切，只瞑目遐思以往金色的童年——那绚丽的金黄色线条，渗入靛蓝的天空中，清晨与黄昏的微蓝的海水，照耀着孩子们天真活泼的嬉笑，快乐地歌唱跳跃……以求超过眼前地狱景况于万一! 然而，这一切逝影，在我眼泪模糊之中，其实都是针针痛刺!

在万般昏乱中，时间又似迅速又似缓慢地消逝，时钟敲过十二时左右，灵车终于到来，他们把祖母的相片安放在车头上，用花圈围绕着，又把棺木搬进车内，一切收拾清楚后，我们就随着灵车，一同往医院驶去。

一路上天阴欲雨，刚踏出车外，回顾四周，林青天黑，灰色的蜿蜒道旁，树梢已洒上丝丝的冷雨。我们站在殓房门外，系上黑带，披上黑袍，为祖母守孝，他们在里面替祖母更换衣着，待一切办好以后，我们一家就随着指引，进入了一间奶白色的小屋里，里面灯光很亮，在四周一片和泪的奶白色的映照下，我们瞻仰了祖母最后的一面。

灵柩安然地放在屋中央，祖母安稳地仰卧在里面，在一张黑底缀上银十字架的锦被之下，像一尊石膏制成的慈像。我们站在灵柩之旁，依偎着祖母的慈容，在一片默然惨淡中，我忽然觉得悲哀迷惘，万不自支；我心血狂涌，竭力压抑自己的感情，俯视着祖母的将要永别了的慈颜，祖母那瘦削的脸庞，淡淡地盖上一层脂粉，显得格外红润；那曾被我笑为"火车路"的皱纹，仍然深刻地满布在她的前额，嘴边仍是带着那老年人均有的慈祥，直通到永恒的笑容，可惜那充满怜爱的眼光，永远再不能凝视着我了。

当我们瞻仰完祖母的遗容，珍重地把棺盖合上，再次踏上这一条蜿蜒的灰色道上时，都默然神伤。自此以后，我们再也无从瞻仰到祖母的温柔慈祥的睡容了。

在万分惆怅中，我无限量地增加了永别的伤感，是实实在在的躯壳与心灵上感到的悲痛，不是少年时浮泛流动的哀愁！

前面是一片相连的灰蒙蒙的天幕，雨在下着，风也在吹着。风是这么的猛烈，雨是这么的冰冷。我的视线逐渐迷糊，木然地在冰冷的空气中移动，像正在飘行着的灵魂。

如柔丝般的，如软泪般的，像粉沫般的雨点散下来，冰冰冷冷……

还是往年的雨？还是往年的泪？又还是往年的梦？

我仰着脸，让冰冷的雨点洗去眼前的热泪，让无情的冷雨拭尽别愁、熄尽怨恨之火。

祖母的灵柩已被放在车中，在忽大忽小的雨中，向着红礴天主教堂出发。我坐的车，跟随在后，玻璃窗外，是繁密的雨点，凝成一片烂漫的灰色。我感到自己的心在颤动着，犹如窗外的雨点一样，洒落在乌黑的路面上，溅起了哀怨的水花。

二时，到了天主教堂，亲友们已聚集在门口，这时雨也停了。我们跟着下了车，然后由几个教堂的教友，轻轻地把灵柩抬入教堂，安放在祭坛之下，灵柩上面披了一块缀有十字架的丝被，四周有几对白洋烛围绕着，后面摆着一盆鲜花。我们进去时，肃然得连眼泪也止住了，堂中庄严，如入寺殿。在万千静默中，亲友们肃立长椅旁，诚心祝祷。在神父主持弥撒的时候，我仍然忍不住起了无声的幽咽，凝视棺前那一对高高的白烛与祭坛上的银光耀目的十字架，我的灵魂似乎已袅袅上升，宗教的倚天祈命的神圣，淹没了我的意识。我觉得我的心香一缕勃勃上腾，似乎处身天国，跪在圣母跟前，哀求她体恤到儿女爱母的深情，而赐予祖母在天国以相当的安慰。

庄严肃静的弥撒完毕后，天又洒下了<u>丝丝</u>的细雨，似乎是予以鸣咽者的共鸣。灵柩仍由几个教友舁[1]出门外，轻轻地推进了满载花圈的灵车。

① 舁：抬、扛。

我们一家和诸亲友，随后也相继上了汽车，前前后后地从教堂徐徐开行。一路上，雨愈下愈大，我紧紧抱着弟弟，心头惨痛，眼泪不知是从哪里来的，一直流淌不断。

　　到三时十五分左右，我们终于到达深水埗长沙湾天主教永远坟场。坟场是筑在一座小山的山麓上，松青树密，地方清旷，同花园一样。可是通往坟场的路还没有筑好，泥泞积聚，难以行驶。我坐的车一直驶在前头，驶到这条泥路前，已用最高速度，准备冲上去，怎知只上了几步，因路上泥滑，整架车滑回公路，摇摆不堪，只得退回一旁，让灵车驶上。山路上的泥泞，继续被大雨冲刷，遂变糊状。只见灵车刚行上两步，就没法再动，我们都很着急，纷纷下车，冒着大雨，把木板拍在泥泞上，殡仪馆的人也帮手推车，但也没法驶上去。

　　我坐在车上，万分焦急惶恐，争着要跑下车帮手，但却被父亲和伯叔们止住。我心血狂涌，只有不断地祈祷，祈求祖母在天之灵，帮助我们安然驶上。果然经过十五分钟的祈祷，十五分钟的挣扎，灵车在积聚的泥泞上安稳地移动，我们又都安然地到了坟场。

　　祖母有灵！我们刚到坟场，雨就停了。灵柩由殡仪馆派来的人抬着。神父穿着银色的礼服，和一群教友，静默前导。我们跟着灵柩，到了坟地上，远远已望见了泥地上深下的坟穴，穴上的地面放着一个横牵着两条长带的柩架。他们把灵柩抬过去，灵柩便被轻轻地安稳地放在长带上。神父跟随着，站在灵柩的旁边，教友们围在两旁，手持圣经，为祖母祈祷。待祈祷完毕后，我们谢过神父，他们便自先离去。

父亲随即走到坟穴的两旁，把左右的位置看正了。坟场的管理人，便肃然地问父亲："可以了吧？"父亲点了点头，几个力夫，便俯下身，把灵柩移到坟穴上，拨开架上长带的机栝，长带慢慢地松了，盛着祖母遗体的灵柩，便安稳地静静地往那深深的坟穴中徐徐下降。四面那么寂然，我缓缓地走近坟穴的边沿，俯下首去，凝视着祖母的灵柩。灵柩在缓缓移动的框架间，由长带上安稳平正地落在穴上的泥面时，我几乎要窒息了！一抔黄土，埋没了我的一切，爱、幸福、理想、愿望，一切都无声无息的隐藏了。我悲痛，如烟，如雾，我背转面，心血仿佛凝而不流，飘忽的灵魂，撒出了躯壳，倏然①地坠下无底的深渊……

① 倏然：忽然。

无限的下坠之中，灵魂又寻回了躯壳，心灵却来了一缕凉意，眼前是一阵惨默的忙乱，那几个力夫，正用铲子把灰泥倒下坟穴中，直盖过灵柩，从此我们连盛着祖母的灵柩也无从看见了。我们相继走上前去，俯手拿了一抔黄土，撒下坟穴，这时大家都起了默然的呜咽。

堆覆了黄土，插上石碑，我们又在土前点上一对白烛，然后大家相继行礼。这时天气阴沉，松郁苍苍，花草溅泪，枝头已挂上晶凝的雨点，我们踏着遍地的缤纷落英，谢过亲朋，解下黑带，除去黑袍，走近园门，忍顾坟园归路，这时心境如冰，挥手含泪，我心中轻轻吐出一句："永别了，爱。"

中秋夜

夏逝了，秋天随着降临，西风飒飒，落叶飘零，天空的密云疏散了，露出一片蔚蓝。秋夜，挂在天空的明月，显得更加皎洁明亮。

天气转凉，学校的暑假结束了。随着学校开课，中秋节也跟着来临，家家户户，喜气洋洋。卖月饼的店子，挤满了人；生果店的店员，忙碌地工作，花灯处处，尽放光明，好像是要和明月相比。绿树园中，高楼之处，繁盛的大道中，处处闹着欢乐的气氛，表现出中国人对这节日的欢迎。

年逢中秋夜，月儿分外光明；圆圆的月亮，挂在天空，皎洁的清光，普照四方，像金黄色的轻纱，掩蔽了整个大地，照护着每座楼头，家家户户正在欢笑地共庆团圆。

无力的斜阳，早被黑暗赶退，鸟倦知还。中秋夜，依旧和往年一样，只是人事变迁，是否年年依旧？

晚饭后，我们一家人坐在窗前，一同赏月，弟弟们笑盈盈

地吃月饼、玩花灯, 大家喜洋洋地。我记得, 每年中秋夜, 我们都是一样; 只是前年却有些特别:

前年的中秋节, 我并没有在家里庆祝, 因为我正在参加同学的生日会。那一个晚上, 实在令我太快乐了。那天晚上, 我和几位同学, 坐着生日的同学驾来的私家车, 直往她爸爸经营的童军餐厅驶去。在那里, 我们玩花灯、捉迷藏、传烛光等多种游戏。这一切, 现在想起来, 喜悦和欢笑, 还在心底, 宛然如昨。可惜随着时间的消逝, 我们已经不知待何时再在一起嬉玩了。

黑沉沉的天空, 一轮明月, 数点寒星, 这迷人的大自然美景, 真使人有飘飘欲仙、忧虑全无之感。但是, 在这快乐的中秋夜里, 却还有些穷苦人家, 他们还捱抵着饥饿呢。

一个秋日的黄昏

"烟里斜阳恋小楼，西风落叶耐人愁，未觉池塘春草梦，梧桐叶落遍阶秋。"岁月如流水，江山又暮秋，金风送爽，万里无云；虽然在香港这热闹的都市里，繁荣忙碌中，不知秋色之深，但觉群山之瘦了。

碧云天、黄叶地，偶然一阵清风掠过了，把黄叶吹得盘旋飞舞，飘荡在半空中。从前，万紫千红的山谷和青葱可爱的草原，那芳华璀璨的风采，如今却失色多了；往日飞舞在花间，穿插在草丛中的蜂蝶，虽然未致销声匿迹，但也实在减煞了不少，境界变得孤清寂静；一切都是那么憔悴，那么萧飒，除了那些霜红的枫叶、清香的桂花和美丽的菊花外，一切的景物，都带给人一种凄清哀伤的感觉。

时间的消逝，一个个的秋天，来了，又去了，它给我留下的印象是萧瑟的、宁静的；尤其是秋日的黄昏。每年在八月尾的一个黄昏，爸爸都带我去山顶游览，欣赏大自然的清丽景象，每个

秋天的来临,我们从没有间断。

今年,自然也和去年一样,唯一的分别,只是,我更爱这秋日的黄昏。

那天,我们出发的时候,已是下午五时。沿着迂回曲折的山路漫行,山脚下的楼房屋宇,在眼底下,愈来愈小了。"不知登岭久,渐觉远村微,千里无闲岫,孤云何处归"这几句,会觉得形容贴切了吧。

隆隆的日影,不断地朝着西方移动;本来是高照中天的太阳,但如今,却像喝醉了似的,红着脸儿,偷偷地躲在水平线上了,它把整个海面,染成金黄色的一片一片;远远的几叶归帆,也被卷进金黄色似的仙境里了,随着彩色的云霞,并肩而舞。落日的余晖,在山上的鸟瞰下,显得格外艳丽;变幻中的云霞,在红透了的空间中飘荡着、盘旋着。这种境界,实在令我如痴如醉,渐渐地……我仿佛已经离开这世间,茫茫上升,缥缈在金黄色的神仙境界似的,在云底最深处,我随着悠扬的旋律,歌舞着、穿插着,在云海中浮游不定。

突然一声船笛,把我的幻梦敲碎了,向山下一望,白天只是碧波澄洁的港九海峡,此刻的海面璀璨明灭,却别有一番景致,一艘艘的轮船,像玩具似的,徐徐地在海面移动,拖着一条金黄色的尾巴;插在云霄里的大厦,正凭着耀眼的华灯也和落日争辉起来了,朱红碧绿,五色生光,恍如一座座的辉煌灿烂的人间宫殿。

秀丽绝俗的神仙境地和珠光宝气的人间宫殿，相比之下，实在是有着差别的。

山映斜阳天接水，夕阳虽好近黄昏。做工的人们下班了，农人也荷锄归了。天也渐渐转黑了。

秋天是爽朗的，可爱的；虽然那枯萎的草木、凋谢的花朵，带来人们的无限伤感；但是，秋天的纯洁宁静，不是更使人感到可爱，更使人感到清丽么？

卖花女

诗思茫茫梦不成，

寒灯影雨夜空明。

此身已觉飘流惯，

偏爱今宵点滴声。

　　窗外是苦雨，窗内是孤灯，深秋的深夜倍加凉意，梦幻的时刻下，陪伴着我的，仅仅是一个瘦长的影子。

　　繁密的雨点，从屋檐上滴下来，一滴滴的，像人的眼泪，低诉着无限哀情。

　　雨夜心情寂寞，环绕室中，偶望床前的花瓶，插着的花已经凋谢了，只剩下几个花萼，带着几丝憔悴的花须。残红败叶，并在这肃杀的秋夜，啊！猛然使我想起一件往事。

　　回忆像利箭般，刺向我的心坎，一个幽怨而温暖的故事，又一幕幕重现眼前：

　　三年前，一个深秋的早上，我回校上课去，刚踏出门口，就正巧碰着一个少女，她匆匆地在我身边擦过，使我眼前一亮，愕然地望着那一个陌生而可爱的背影——修长的身上穿着一套破旧的衣服，头上拖着两条长长的辫子，手里提着一个满载鲜花的篮子，既敏捷又匀称地走着，愈发觉得楚楚可怜，把我吸引得呆呆地站住了。

　　以后每天早上或黄昏，我常常看见她提着花篮来往。两个星期匆匆地过去了，她的印象在我的脑海里愈来愈深刻。偶然的机会从邻居的二房东里打听到，原来她一家是新搬来的住客，她是一个卖花女。

　　我开始注意她了，我极愿和她交朋友，就是说几句话或见面时打个招呼，也心满意足了。况且我们还是邻居呢！但是，她总是来去匆匆，更从来没有注视我一眼，唉！我又怎样好平白无故地走去和她攀谈呢？我已经郁郁地等了两个星期了。

　　时机终于到来，总算没有使我失望。这天早上，她的背影又重现在我的眼前，忽然，我看到一束小小的鲜花，从她的篮子里掉了下来，我急忙拾起跑到她的身旁："姊姊，你跌落了它。"我交还给她，又说："你是卖花的？我就住在你隔邻那间屋，有空请过来闲坐吧。"真是莫名其妙，不知怎的我会说出这一番近乎无谓的话，实在是蠢极了。但出乎意料的，她竟微笑着说："谢谢你，我很高兴我们能交朋友，我每天晚上必出来散

步，你有空请陪我吧。"一阵喜悦涌上心头，受宠若惊的我，实在兴奋极了。

为什么我会深深地喜爱着她呢？纯是我喜爱花，为的她就是一个卖花女？不，绝对不。我觉得我是在丛草里发现了一朵花，仅见的一朵孤花。

她是纯朴的、沉静的，一个可爱的姑娘，亭亭玉立，纯洁、无邪，全不沾染到半点污浊。她有一张小小的圆脸，柔软如丝的长发；大大的剪水双瞳，小小的二片桃唇；两颊白中透红，皮肤嫩嫩的，甜蜜可人，就像一朵刚放的鲜花。她极少笑，却隐隐地含着春日的光和暖。

朝阳的金辉普照大地了，晚霞格外艳丽，暝色初露，落日余晖，静静印下我们的足迹；友谊之花逐渐奔放。

从她的口中，我明白了她可怜的身世，悲痛的遭遇——她比我大三年，她名叫雪梅，她曾说过："我喜爱雪中之梅花，钦佩她的耐忍坚强。"她本是生长在山明水秀的乡间；只仅仅一岁，母亲就去世了。父亲在她五岁时，便带她到这繁荣的城市里，找到工作，那时候，她的生活过得美满幸福。好花不常开，过了几年，她父亲认识了一个女子，不久就结了婚，还带给雪梅一个小弟弟。雪梅是应该高兴了吧？不，而是还带来痛苦，因为后母对她并不好，又喜欢赌钱，因此，家中光景就一日不如一日了；过了不久，更要她辍学出来卖花，来帮助家计。

　　她卖花已四年了，在这些日子里，她是忧郁的、悲哀的。每日除了辛劳地工作，走遍大街小巷，受尽风吹雨打，还要被她的后母责骂。她常常说，希望能独立生活。

　　世人的眼光是狭窄的，社会是不公平的。一个卖花女，不知受到多少人的讥笑冷讽，更受到那些鄙卑的花花公子及下流的人物不知多少次的侮辱。

　　雪梅喜爱读书，虽然环境不许可，但她没有放弃，每天借着晚上散步的时间来自修温习。

　　自从我们认识之后，常常一起研究课本，阅读课外书籍。她很喜欢读一些幽怨的诗词。一次，偶然看到她的一本簿里，写着四句：

　　　　青春是瓶里的鲜花，学问是天上的云霞，
　　　　苦海是人生的代价，努力是我们的归家。

　　真挚的感情，与时俱增。江上清风、山间明月，我们得以偷偷静观；高峰平湖，我们得以跋涉留连；香花芳草，我们得以徘徊清玩。

　　荒野泻满落日余晖，森林伴着新月繁星；幽径里偶缀残花，小溪畔残留衰草；翠谷声声鸟鸣，流水轻轻笑语；空气中弥漫着真挚的友爱。

"人有悲欢离合，月有阴晴圆缺，此事古难全，但愿人长久，千里共婵娟。"岁月不与人留，甜蜜时光似若流水行云，转瞬已是一年多了。欢乐并不长久，哀情终于降临。一天，她突然说，我们要分离了，因为她一家要搬到远处谋生。

　　长亭折柳，灞桥伤别，人生最苦不外是生离死别吧，唉！离情别恨，多么依恋、多么难舍啊！真的"多情自古伤离别"，唉，不错吧！

　　燕子去了，有再回的时候；花草枯了，有再盛放的时候。但愿我们能来日重逢，并肩携手，重展我们的友情吧！

濠畔街

濠畔街的树影庇荫着她两边的楼房，宽阔的行人小道也遮盖得密麻麻的，两旁种着的有大榕树、影树，也有杨柳。无论什么时候，儿童总是在她们的庇荫下玩耍着，跳飞机啦，弹波子啦，戒豆腐啦，抓米袋子啦，什么都有。尤其是饭后的黄昏，热闹闹的。那时，入学校读书的并不多，进幼稚园的更是少见。五六岁的孩子，房子对开的行人空地就是他们的乐园了。汽车整天也看不到，只有三轮车、脚踏车间中①驶过，因为这街不是大道，又是石板铺砌，不是必经，谁管它呢！孩子有时连大街也占去了。

---
① 间中：偶尔。

祖母说，早晨与黄昏，我就在母亲的怀抱里和祖母的逗笑中，看着外面的哥哥姊姊们玩耍。

我家是一间宽大古老的楼房，两层，下面是大厅，摆满古旧的酸枝家具和盆栽。楼上除了书斋外，大多是房间。露台很宽，我就多和妈在那里的。天台种满花木，一盆盆的，一缸缸的，高高的荷花也有。六岁那时我从香港回去，正值夏秋，外公就曾

在莲蓬中给我摘莲子吃。当我不足一岁时，妈就弃养了。那时，我什么也不懂。两岁多，爸使①人把我和祖母接到香港来。到我懂事时，我已经在湾仔洛克道居住了。所有两岁以前的故事，都是当我六岁回广州时，外公和祖母告诉我的。他们还说，儿时的家到那时没有改变。濠畔街依然披着密麻麻的树荫，儿童也在玩着。然而，以前在街上嬉耍的，已经上学了，有的已做工去，我对濠畔街祖居的印象是空白的，她对我来说，自然无所谓回忆，即使是回忆，也充其量是凭故事去创造，连妈抱逗我疼爱我的影像都是靠着在我懂事后朝夕拿着的妈妈照片的记忆而创造的。不过，一回到旧居，眼泪就似倾盆的泉涌出来了。朦胧中，一个清秀端丽，瓜子脸孔，背后束着云发的慈母引惹着孩子的影像出现了，多幸福的孩子啊！

① 使：派。

祖母说，妈是患上肠热病而辞世的。患病时，妈不戒口，病情日深。妈是一个坚强而倔强的女性，是女子师范学院的学生，文辞秀雅，书法朗练。就凭一副坚强倔强的个性、能干的气魄，把爸在广州的业务管理妥当。她什么也不怕，病危时，就只怕离开我。妈就是含着泪水，昏迷中，呼着我的名字而去世的，那时妈才不过二十九岁啊！祖母说，妈逝世时，我还在熟睡，我不知道妈离世时的痛楚与系念，太不孝了！

初小是在九龙城我家附近的一所私立学校修读的。爸说：

"读书靠自己,看啊!我读过什么书呢?几年的私塾不是够用了么?"爸的见识很广,做生意很有干劲,全靠自己观察和进修。爸的成就,大抵就是这样得出来的。爸没有其他嗜好,他会绘画、懂书法、吟诗填词、写文言文,顶不错的。只是喜欢饮酒,忆及妈妈时,他总饮个半醉。拿着妈妈给他的信翻个不停,不时对我说:"学学妈妈吧,看!她的文字多优雅呢!"

中二时,陪着我过整个童年的祖母辞世。从那时起,我看不到我的童年了,因为祖母的离去,继母又忙于照顾弟弟,我知道我已经长大起来了。不过,心中不停地向自己发问:有母亲的童年该是一个怎样幸福的童年呢?

给女儿的信

亲爱的女儿：

在未来的四年里，我将会给你写很多很多的信，而这只是第一封。

我盼望写这信已有十多年了。你父亲与我一直都盼望着有这样的一天。因为你长大了，独立而坚强地前往外地求学、求知识、增广见闻，让自己的一生多一点充实。做父母的能够给予儿女去完成大学的课程，自会感到深深的欣慰。

只是，自你别后，才仅仅是几天的时间，我内心的那一份割舍不得的离别苦痛，却一直紧紧地缠绕着。实在舍不得你啊！我至爱的女儿，你虽然十八岁了，在我心底，却仍然是那么一个纯真可爱的小女孩。小女孩要独自在陌生的环境里，独自应付生活中的每一件琐事，独自应付复杂的人际关系，尤其，要应付那些使年青人困惑的男女问题，这种种都使我感到万分的忧虑。

　　对你的成长，我始终怀有最大的歉意，因为我实在没有好好地尽过当妈妈的责任。你出生的时候，可能我还是太年轻的缘故吧，总觉得孩子是我的一种负担。传统中的母亲形象，对我这个叛逆性强烈，自小生长在大都会的女性，自然无法接受；加上为了自己可以在婚后继续进入大学完成大学课程，并可以藉此将拥有自己的一点事业的这一份纯粹出于为己的心愿，我竟然罔顾了当母亲的天职，把你送到外婆家里抚养。虽然，外公外婆对你万分疼爱，但对我们每星期才可以见父母一次的可怜的女儿，实在太忍心了。十五年来，你一直未有得到你应该得到的父母在你身边朝夕的疼爱。你在孤独的环境中长大，性格比我自然更要反叛，更为倔强。还好，你有着一份与生俱来的开朗性格，不致使你变得抑郁和封闭。悠悠的十五年，我使你损失太多，使你的童年缺少了最重要，也最基本的需要——一份每一个童年都该享有的父母亲朝夕的关怀，你知否我内心是如何的内疚、如何的痛苦啊！三年前，我们经济稍为好转。自从租了一间较大的房子之后，才把十五岁的你接回我们身边一起生活。这三年以来，我尽量抽出时间陪伴你，和你倾谈，尽量尝试去了解你的内心世界。婧，实在感谢你，你没有因母亲十多年的失责而怨恨母亲，你对我的谅解，你对我的全然接受，使我内心着实减少了一部分莫大的罪过。这些日子以来，我们真正心意交融。我们的感情，又似乎不仅仅囿限于母女之

间了。你思想成熟，富于同情心，对别人关怀备至，是一位很好的知己，对于我这个比你年长几二十岁，喜欢与你谈笑嬉戏，而且还能够保留着一份活泼童真的母亲，你很多时也会以知己相待，尽情倾吐你心底的困惑。母女之爱，知己之情，人生未必可求！这些日子实在太美丽了。可惜只是短短的三年，你又要负笈远离了！虽然，你的离我身边，无论对你的学业、前途、意志与性格的锻炼，都是好事，可是遥遥相隔，又怎免得了离别的情怀呢？

婧，还记得，临别在即时，我们反复详谈，你还问了我很多问题吗？我一时惊觉到你的思想已经长成。在别离苦楚之际，万语千言，回想起来，除了只记得不断嘱咐你要谨慎小心外，我真不知道，也记不起自己曾说了什么了！女儿，人生贵乎体验，体验又贵乎多取前人的经历。前人的经验是我们做事的指南针！我说的话，可能太噜苏，甚或太老土。但这确是做母亲的话，在你未来的人生历程中，它将会有所裨益的。

女儿，你可曾记得，多年前，你为了我们的小狗的去世，整整哭了几个昼夜，以致茶饭不思吗？一年以来，梦寐不忘。十多年来，你常常为了一只流浪的小猫、一只受伤的黄雀流泪。你的感情太丰富了，你自小就爱护和尊重一切生命，你曾经告诉我，你感觉在造物主眼中的生命都是无分大小的，都是应当受到同样的珍视。你又曾经说过，你实在不明白为什么其他人大都

作者在办公室

不同于你的想法。有时，你对小动物过于爱护，别人会嘲笑你；你对友人热情，却往往得不到同样的回报。婧，我实在十分欣赏你这方面的赋性，我更盼望你能够在未来踏进这冷酷不仁的社会之后，仍然可以保留着这一份仁厚的爱心。不过，你得知道，愈有同情心，愈有感情，对人生苦难感的承担，就必然会愈感痛苦的。记得叔本华、卡谬和杜斯托也夫斯基吗？他们都有过人的情怀，他们的痛苦也比别人多呢！女儿，你有着博大深

厚的爱心，我极希望你会有机会去发挥日渐堕落的人道精神，但你先要培养起肩负人生苦难的坚强意志。如此，你的丰富感情就不会因同情而走向脆弱，你可以在挫败与磨折的承担下，仍然保留着你的深厚的品性了。要知道，若能以爱心体验人生，人生当能迸出更璀璨的生命火花的。曾听过一位朋友这样说："一个有大志的年青人，却能大无畏地鄙弃浅薄而庸俗的笑，宁可多流神圣而具良知的泪。"我的女儿，若然泪水流得有价值，不妨就让它流吧！

　　可能由于你感情丰富、禀性纯良的关系，你对人很关怀，同时又对人很信任，在你的心中眼底，这世界上每一个人都是善良的、可亲的。我实在盼望你的看法正确，更盼望你一生幸福，不会遇上奸恶佞险的小人。但，女儿，我万分不愿意，却又不可以不告诉你的是：这现实的世界刚好与你的想法全然相反！尤其是在现今以物质竞尚、道德沦亡的社会，豺狼当道，奸邪道长，善良者委实罕见。校园不同社会，你当然还未有机会体验这可怕的实况。可是你读大学了，也快将接触这现实的一面，你便不能不对将来大半生与你最切关系的社会有所真正的认识了。远古以来人类的哭笑怒骂，大都为真性情的表达。但不知由何时开始，笑不由内心而变为外在，甚或变成了政治手段的一种利器。还记得你读过老舍小说吗？老舍很精警的几句话，希望你还记得："那嘴，露着牙喷粪的时节单要笑一笑！越是上等人越可恶，没受过教育的好些，也可恶，可是可恶得明显一些；上等人会遮掩。"时势所趋，这世界很多人都受了较高深的教育，都努力挣扎着或已成为所谓上等人。不过高深教育并不代表着有良心的培养。所以，表面上讲仁义道德，内里真正盘算着你的所在皆有，口道德而心奸恶的比比皆是。因此，女儿，不要轻信别人的笑啊！同样，别人的哭，也不得轻信！人类当悲伤、感动，或真情流露时，常会流泪。你听过鳄鱼流泪么？鳄鱼虽然流泪但内心并无慈悲，泪水只是它吃东西前的自然分泌。阴险无情的伪君子，当他要害你时，他会装成可怜你的模样的。父亲曾对你说："大奸之人，以哭着爱。"婧，你该多么小心啊！

我经常提醒自己："不要随意将事物宣判死刑，自然也不要任事物侥幸求荣充数。"如今科学昌明，对于物件真伪的审察，已经不大困难了。但人心叵测，科技愈昌明，社会愈复杂，人类适应能力愈强时，人心会愈艰险的。人情真伪，难以洞测。我的女儿，你将来在漫长的人生路途上，自会有所体验，我只能不断地提醒你。对人要坚守一己的诚爱观念之外，亦要对别人有所慎防。人事处理，必须谨慎啊！

社会道德的沦亡，并不代表一己道德的沦亡。个人的真诚与热衷，仍然是必须坚守的。当今各行各业以及各项的人际关系中，最缺乏的便是真诚。"为何真诚如此缺乏呢？"你曾经

这样问我，我回答说人类机心太重，因利害冲突使良知埋没之故。不过，这还是太笼统的回答。其实这是人类失落感及嫉妒心所引致。社会人口愈多，竞争愈大，人类更感失落，更易产生嫉妒。失落来自恶性竞争带来的毒害：人人自危之外，人人又在互相比较之下，各自产生了自卑的感觉。为了填补这份失落，每个人都在努力求证于自我的存在价值，而且要求自己的存在价值比别人强，这当然是需要求助于事业、权力、金钱等等的优越感和满足感了。在人类的下意识中，讦发别人隐私、狂乱批评或恶意中伤他人等等，都是提升自己存在价值的方法。这样，人又怎会不愈来愈变得猜疑嫉妒、缺乏真诚呢？人如鸱嗜腐鼠，惟恐别人争夺，实在是人类最大的悲剧，也是人类心灵最大的痛苦根源！婧，不要让这痛苦留在你的身心之上，丝毫也不可以。你要紧记一点，在人事的关系上，要宽大为怀，切不可讦人私隐，更不要让嫉忌侵蚀你的心田。一位作家说过："赞美他人的成就，非具有宽广的胸怀不可。"其实，宽广的胸怀，对于化解别人的嫉妒，更为重要。要知道，嫉恨你甚至蓄意伤害你的人，他们内心的苦楚，较之被嫉妒的你，必然是更为深重的。

我在社会工作已有十多年，接触了多方面的人物，明争暗斗实在看得太多了，所以说到处世，便有一种愤世嫉俗的心理。你现在还是十多岁，仍有几年时间沐浴于较为纯真的校园生活中，其实最重要的，还是先要注意两件事情：第一，把课程读好，取得好的成绩。第二，切勿沉迷于男女感情的恋爱事宜上，保持头脑清醒，以学业为重。

你在香港读书时的成绩不过不失，英文不太差，我想对于应付现时的功课，你是不会太困难的。不过，要取得更好的成绩，你得把学习方法改进，你素来有三个坏习惯：第一是太急进，每学习一件新事物都要求快捷收效；第二是太紧张，你无论在考试、运动、唱歌及戏剧等比赛之前，都显得过分担忧，患得患失；第三是太骄傲，每次你获得成功或被人吹捧时，总有一段时期忘其所以，未能虚心思虑、求之以道。这三种态度都是求学和做事的大忌。你得时时警惕自己，在大学生活的锻炼中应立即把这些坏习惯革除了！首先，学习要专心、要平和、不要急躁。还记得诸葛亮告诫他的儿子"慆慢则不能研精，险躁则不能理性"吗？你读的酒店管理课程要学的多，要做的更甚，你更要采取这样的态度。

还记得你写过《傅雷家书》的读书报告吗？傅雷嘱咐儿子"下功夫叫自己心上松动，紧张对什么事都有弊无利。只要凭'愚公移山'的意志，存着'我尽我心'的观念，一紧张就马上叫自己宽弛。"当然，凡事不要过分紧张，但适度的紧张倒可以使你精神集中及投入。记得你曾读《论语》吗？孔子说："必也临事而惧。"我想最主要的，你不该计较成败得失，事事须求

竭尽所能，无愧于心就行了，那么，精神上自然可以减少很多负担。你在港时读书颇有"临急抱佛脚"之弊，考试前夕必读至通宵达旦，这样一来影响精神；二来反会增加心理压力。平时多用功，考试时便不会这么紧张以及患得患失了。切记切记！

现代青年大多好胜，谦逊不足，浮夸有余。在我多年的大专教学中，我多少能体验到年轻人的心态。一年级学生最见傲气，以为能入大学，书就表示已经读过了很多，知识凌驾于一般人之上。到他们毕业时，书真的读得多了，也终于认识了学海之深广及自己的渺小，他们变得谦虚了。踏出社会之后，在挫败的折磨下，他们会变得更为谦卑。女儿，你也很好胜，幸好，你没有浮夸。在校园中未曾经历过社会的冷酷鞭挞，考试上的挫败感又不足以使你明白谦逊的道理；加上年轻貌美，处处受人赞美和爱护，怎么不使你骄傲呢？我只有希望你能多加警惕自己，多扩大自己的眼界，多吸取前人的经验，多掌握书本的真理，你自然会明白虚心、谦逊的重要的。父亲不是那样教你吗，"满招损，谦受益"，又说《易经》谦卦六爻皆吉。它说："谦尊而光，卑而不可逾。""劳谦君子，万民服也。"能够体察谦虚

的要旨，身体力行，对你的学业、事业，将会有不少益处啊！

　　这几年来，你问了我不少关于男女社交、感情、恋爱及婚姻上的问题。你告诉我多年前已有不少异性朋友向你追求，但不知何故你竟然对此全无兴趣，甚至有抗拒的心理。很多同学也在谈恋爱了，而你却仍然只喜欢与我或与女同学一起，你说这是不是不正常呢？当然不是！这是你的性格啊！我也不知回答了你多少次，才十七八岁，为什么要急着恋爱？我与你父亲恋爱结婚时，不足二十岁，至今与你父亲相处快二十年了，和谐幸福，如像新婚，你不要以此为例，这是很罕见的。事实上，十多岁的孩子，心智仍未成熟，思想与品味还在不断地改变，你不是曾经说过，你对十六七岁时的爱好，不是曾经羞愧么？太小年纪而谈情说爱，心志怎会稳固？你在中学未有踏足其中，作为母亲的我，着实为你感到庆幸。现在你进入大学了，该如何面对这些问题呢？今日大学的生活，恋爱是其中一种盛行的玩艺儿。我说

"玩艺儿",是因为大学生喜欢在校园找寻恋爱伴侣,是因为曾经读过一些讴歌恋爱的诗文,看过一些浓情蜜意的影像,觉得恋爱是大学生活中应有的一环,自己少不得也要凑趣凑趣,否则是个缺陷。抱有这样的态度来强迫自己陷入情网,如何能找得真挚的伴侣呢? 婧,你不得不慎防如此的风气,切不可轻信甜言蜜语和受别人的影响。在你面前赞美你的人,未必是真心的。男女情感是世界上最复杂的问题,它往往是你一生幸福的源泉,但也可以摧毁你的一生幸福,你该多么小心去体察啊! 我只有诚心地为你祝福,如果你万一遇上了,我盼望你在爱情的宇宙中,永远是个幸福者。

好了! 这是飞越重洋,带来母亲心声的第一封信,噜苏是免不了的,但这万语千言,似乎还未能表达我心中思虑之万一! 窗外,黑漆漆一片,你当是正在踏着朝阳,开始新一天的功课了。校园绿草如茵,生机处处,这就像你的前景呢!

父亲、嫲嫲、婆婆、姑妈、姑姐、舅父①正在挂念着你,他们叫我带给你浓挚的爱意。等待着你的信。祝

① 嫲嫲、婆婆、姑妈、姑姐、舅父: 皆粤方言词,分别指奶奶、外婆、父亲的姐姐、父亲的妹妹、舅舅。

身心健康愉快!

永远给予你欢乐的母亲
一九九〇年九月

喝采

他们热烈地鼓着掌，喝采声如雷贯耳，我心内激起了很大的波动，但我尽量地克制着，只微笑地等待掌声过去，然后说了一声：谢谢！

您可否知道？我的"谢谢"是打从心底里呼喊出来的，我着实为我的听众的热诚，感到无限的欣慰。

您又是否知道？每一次，我贪婪地、欲望地，为了听这几秒钟的喝采，我花的准备功夫，是您所难以想像的。有时，我为了一个公开演讲的命题、构思、搜集资料、撰写讲稿等等，可以焚膏继晷、废寝忘餐地花上几个星期，然后，在演讲的前一晚，又煎熬了一个难眠的长夜，然后又才带着战战兢兢的心神，走到我期待已久的讲台，面对着给我无限鼓舞的支持者，开始考验我努力的成果！

这几年来，我作过十数次的公开演讲，大会堂、演艺馆、科学馆、文化中心等等，都是我常作演讲的地方，这些场所都印

作者在香港大学演讲时与师生合影

着我奋斗过的痕迹, 都萦绕着我陶醉过几秒钟喝采声的美丽回忆。

朋友, 您可能觉得奇怪, 我为何会仅仅为了几秒钟的喝采, 要花上几个星期旦夕爬梳的心血耕耘? 您又可能觉得, 我一定是一个非常贪图名位的人物, 这人物在庸俗的尘世中贪图找寻"喝采"的满足与慰藉!

如果我告诉您: 我乐于作大大小小、不同形式, 而主题中心都一直在环绕着"中国文化"的公开演讲；我乐于见到来自不同阶层的支持者；我乐于听到喝采的声音，都只是基于一个信念：为了传扬中国文化的传统，以及实践我对治学的一股热诚。您会否相信？

这个世界实在太趋于"物质化"、"官僚化"、"利禄化"了，我为了传扬中国文化的说法，可能清高得有时连我自己也不敢相信（虽然我确实有这样的心态），又怎能冀望他人呢？

不过，我确实坚持着一个如此的信念：中国传统文化，就是中国刻下和未来发展的灵魂。回顾历史，冀望未来，中国文化历尽几千年的折磨与考验，时至今日，仍然是举步维艰。若要发展中国，这灵魂是丢不得的，那么，重振与传扬中国传统文化，当为必要的事实。

我对弘扬中国文化的志业，我对无涯学海的心仪与神往，确实地，需要有着一股诚挚的力量。朋友，您们给我几秒钟的喝采，可知否，就是给予我无限勇气的支柱啊！

鸳鸯两字怎生书

不知道看过多少篇的小说，男主角在邂逅女主角并产生爱意的时候，都是因为看到女主角有着："一双极明亮、水汪汪的眼睛。"

"那么一个甜甜的、极富挑逗性的小嘴巴。"

"皮肤是一种温润的蜜黄色。"

或："修长纤瘦的身材。"

"有一头说不出来好看的黑发。"

总之，"她是突出的"！"她是惊艳的"！

也就因为喜欢这一份突出的艳丽，男主角开始猛烈地追求女主角，然后又因为很多的事故，这段恋情告吹了，男的另娶，女的嫁人。若干年后，他们再次遇上时，男子发觉已为人妻人母的美人竟然变成又胖又老的妇人时，却暗暗为自己当初没有娶她而沾沾自喜。

我每次看到这类故事，内心都有着一份默然的感伤。现实生活又如何？还不是一样吗？当你年轻美貌、风华正茂的时期，裙下追逐者，大不乏人。但当你年华老去，岁月留痕时，死心塌地为你倾心痴情的，还有几人？到底，这世界上有否真正的爱情？或者，我该先问，什么叫做"真正的爱情"呢？

你可能这样回答我："爱情是山盟海誓，愿为对方付出一切。"但是，盟誓十居其九都不能永恒，为对方付出一切也往往只是一时的冲动，不见得是什么真情挚意。

你以为结婚生子，一生长相厮守的，就是爱情。那么，请你细心想想，在生活上物质挂帅的现代社会里，你如果有本事拼命赚钱，永远供给你的伴侣丰富的薪水袋，应该是不困难的。但，这可以说是爱情吗？

聪明实际的现代人，似乎并不介意情感的真纯与否，他们更为着意的，乃是在神坛许下诺言之后，他们的伴侣所能付出柴米油盐的能力，是否如愿。

有时，我反而会羡慕古时那一套父母之命、媒妁之言的盲婚哑嫁。在没有选择之余，迫着要与一个终身伴侣长相厮守时，你只有尽量地去为他拼出一份纯纯的爱意。现在，选择太多了，人心复杂了，女人终日在盘算着男人的钱袋；男人在有足够的财力时，又却在四处涉取最赏心悦目的美色。所谓爱情，在世风日下的大都会里，不啻沦为追求金钱、美貌、长期饭票或情欲发泄的甜蜜谎言！

125

一位台湾女作家曾经这样写过："宋朝有个新妇人，早妆初了，与夫君相偎相依，暂且抛下诗书，抛下女红，低低地谈，轻轻地笑。刚拿起笔，描了花样，突然停住，微偏头，柔情似水，故而有此一问，可不是真心！那时可有答案，想来是没有，否则不知遗落何处。倘若有人捡到，烦请转交二十世纪末的都会女子。在这爱情与婚姻不断沦陷破灭的时代，鸳鸯两字怎生书？"

花猫的一家

不知多少次了，我敲着饭碗跑到天台上去。

天台上养着几只花猫。有五只之多，一只是妈妈，四只是她的儿女。最长的有着一身黑色灰色相间的斑纹，有着老大的威势。老二是黄白色的，最恶，时时张牙舞爪，我有点怕它。老三，看外形，该是第三了，全身灰黑色，生有若隐若现的斑点，有时，乍眼看去，像只小松鼠，十分可爱。最小的全身漆黑，短尾，身上长着有点像绵羊体上鬈曲的毛，当你望着它时，它也望着你，但，带着羞人答答的样子，可能是女的，我最喜欢它。父亲很少出现，有时隔了相当日子，才见到它的。它好像业务繁重，间中抽暇回来巡察一番。父亲是黄色的，有些斑点，体格瘦长，并不雄伟，但有着父亲的威严风度。有时，它把着梯口，我望着它时，有点颤栗。当它出现时，儿女很少和它一起的，只是猫妈伴着它。

其实，它们不是有人豢养的，是前年住天台的人家搬迁后

留下来的。最初只有猫妈，几个月后，它的儿女才在这里出现。主人既把它扔下，它只有自己维生了，也只得自己把四个儿女带活。

我的女儿最爱花猫，每天总弄点牛奶端上天台去。天台上，阳光充沛，风和日丽，花丛小树，绿荫处处。女儿和它们说故事，逗着玩，也有时拍照。有时，我也陪着她跑到天台上去参加她们的游戏，我也和花猫熟稔起来了。初时，我到天台工作，碰到它们，它们总是跑呀跑的，原来五口一家，除妈妈外，忽然东奔西逃，或藏花丛，或匿墙角，只是把头探出。亮晶晶的眼睛，向你凝望着，一动不动，是蛮有趣的。

很多时，由妈妈领导，一行五位，蹲在隔壁女儿的屋外，一开门，它们就走散了。惟有女儿在，它们始逗留着，呆呆地像五座雕像。妈妈闲散慵懒，蹲卧似骆驼，其他站着、卧着、盘着。小黑最依妈妈，总是缠在妈妈的身旁。妈妈动，它动；妈妈卧，它卧。即使平时，它也总跟着妈妈的，是个孝顺的女儿。有时，我的女儿故意把大门打开，然后跑回书桌去，装着呆，它们会悄悄地一只跟一只地探进去，望这望那，四周巡视。妈妈很识大体，不乱闯进人家居舍，只在门外，蹲卧着，等候它的儿女。

好奇大概是它们的本性，如果我在天台工作，一下子忘记关门的话，它们会用试探的步伐走进来的，不过，你只要一动，它们又一溜烟地飞出去了。因为进来多了，以后它们要赶吓才肯

作者和女儿合影（摄于浸会大学读书时）

跑出去的。有一回，老大竟给我无意中关着孤零零地在天台小屋过了一整夜。自此后，它再不敢进来，不过几天后，它又进出如故。

　　由于察觉到牛奶隔了夜仍原封不动时，我意识到它们已经长大了。最初是察觉不到的，我以为牛奶变了质，它们不吃，我再为它们弄新鲜的，几冷了，也是如此。它们已经长大了。

　　冬天来了，它们惯住的水箱底下始终躲不过寒冷的严风。它们在妈妈的带领下，从水箱家撤退到天台一家的闭风地带，然后再由闭风地带撤到我家和邻家门前的地毡间。每当夜深人静，它们三三两两四处觅食后，便回到这里来的。邻居是经常喂饲它们的，我们也常在晚饭时，留点鱼和饭给它们充饥。我女儿说："我们要吃什么，只要拿得起钱，就不成问题了。但它们要依赖人类，别人不给，它们就没得吃了，它们不是人，不会向人家抢的。而且，它们只吃鱼，不吃别的。人家哪有那么多鱼给它

们吃呢!而且兄弟姊妹众多,它们总不够吃。"

"妈,我们不可以收容它们吗?"

严冬终于捱过,不过,它们似乎瘦了起来,连猫妈也比不上以前了。女儿提议多买点鱼,好让它们也多分一点。自此以后,每当哪晚有鱼,我们宁愿自己少吃,留多点点给它们。

每晚端着饭碗跑到天台时,总希望遇到它们,让它们吃个痛快。不过,因为它们四出觅食,很多时,我只把东西留下,到第二天,如果东西仍然留着,我会担心东西不适合它们,它们会饿着肚子。

前星期,每天都下过雨,我没有到天台上去。不过,我仍把食物放在走廊和楼梯间。一天,我捧着书本跑上去,赫然发现天台门前,躺着一只初生的小猫,死去了,大概是淹死的。我和外子整天不安,不敢和女儿说,说了,她会哭起来的。我不敢把它移动,我连天台也不敢跑。我希望有人会替我移走。两天过去了,太阳很猛,天气酷热,小猫仍躺着。老大在它的身边徘

"妈"是女儿从家里电话传来的声音，声音带着沙哑，"猫妈妈离开我们了。是前两天去世的。邻家说，它生下小猫后，不久就死去，可能是体力不支的缘故。"小猫因为没有奶吃，相继去了。原来邻家昨天已把大小三只移走，在我家天台门前也有一只，是第三只啊！太可怜了！现在，小黑成了孤儿了，我们应该怎么办？

我们能怎么办呢，这几天，孤儿似乎未见团聚，可能，妈妈不在，它们各自谋生去了。老大体格长得魁梧，大概是没有问题的。老二性恶，也可以威吓一时，可怜的是老三和小黑，尤其是小黑，平时依着妈妈，现在妈妈溘然去世，它年纪又是最轻，身体最小，实在使人忧虑的。

天台快要迁拆，它们不止食物难于充饥，连栖身之所也将成问题了！

"爸，我们不可以收容它们吗？"

"妈，它们就是这样地不由自主，就是这样地可怜么？你看，明知它们要靠我们，我们为什么仍要舍弃它们呢！它们乖乖的，不偷，不抢，我们就这么残忍么！"

顺着女儿的手势蓦然回首，在走廊间，由老大到小黑都蹲坐着，如石膏造像，状若等候什么似的。我究竟能为它们做点什么呢？我爽然自失起来了。

第四代

　　经过了几日的严寒，它们干瘪的尸体终于在天台上的一角发现了。几日来也觉得奇怪，为什么总不见它们在楼梯间出现呢？自己因为太忙，青菜几天也没有跑到街市购买，只是放学时在附近买点罐头算了，那自然没有鱼，可能因为它们年纪较小找不到食物，又加上寒冷，就这样地冻僵了。这是野猫，没有人养的，它们靠自己在垃圾桶里钻觅食物。我们常常把鱼饭拿到天台上饲喂它们。如果外子独自在家，晚餐吃即食面，它们便会捱饿了，见到可怜的干瘪状，实在心如刀割，是我害了它们啊！

　　当是第四代了，从第一代起，我们就饲养它。女儿对小动物，尤其是猫狗，特别疼爱，不过因为没有时间打理，我们始终没有豢养，野猫就在天台，我们又住在顶层，每天拿食物到通往天台的楼梯间，就算饲养它们吧。第一代是妈妈，本来她是有主人的，主人住在我们的隔邻，他把属于他自己的天台盖了，把自己住的地方租赁，自己搬到天台上去。后来主人把楼卖了，全家也搬离，把妈妈留下，让它听天由命。漫长的秋天过去，冬天来了，天台盖也已经拆卸，它常带着小猫团在我家门前的走廊间，初时我一开门，它们立即飞跑。时间虽久，只要我家一有动静，它们无不即时疏散的。只有我们的女儿，它们才敢接近，女儿就住在我们隔壁，门户相依，有时女儿把门打开，小猫会悄悄地跑到女儿的房间巡览一周。妈妈就在门前等候。妈妈带着的是四个儿女，大哥、小松鼠、小花和小黑。虽然我们的女儿和它们稔熟，但除了女儿，它们仍是不敢接近我们，不过到底是相熟了。第二代最可爱，整个寒冬，晚上总是在走廊玩耍。星期天，女儿爱撩着外子拿着相机跑到天台去逗它们拍照。外子最喜欢短尾的小黑，它全身黑透，毛还有点卷曲。女儿特别喜爱小松鼠，它是最顽皮的，常常跑到女儿房中，不肯出来，到第三代出生后，女儿总以姨姨称它。女儿到外国读书了，它总在女儿门前团睡，似乎在等候着，女儿放假回来，它又跑到她房间去了。

前年的冬天，第三代已经长大，它们是由小花带养的，除了姨姨之外，大哥、小黑已经到别处谋生，有时小黑也回来祖家探望，大哥出现过一两次后，就不知去向，可能已经成家立室了。因为女儿不在家，它们也躲避我们，有时它们又似乎有些朋友，因此第三代实在不知有多少了。只有小黄是永远跟随着妈妈小花的。小灰似乎也是小花的。不过，出没无常，时隐时现，大概是为谋生吧，为了生活，不能不稍作远行了，不过它停在祖

家的时间仍是颇长的。去年圣诞节女儿回来，第四代也长成了，问起小花和姨姨，我告诉她，没见多时了。第四代不知是小黄的还是小灰的。我把食物拿上天台梯间时，除了小灰和小黄外，总有两头小猫在偷窥着，我一转身，它们飞也似的窜跑过来，我一回顾，它们又飞跑了，只在墙角露出两只眼睛，动也不动。两只都是黑白相间，其中一只是带灰色的。通常，当我拿食物上去后，小黄是不先吃的，小灰在楼梯守望。待我下来，两头小猫已在进食中了。

接近新年，天气突然变得严寒，晚上课罢回来，小黄和小灰通常都团在走廊间，不见黑白小猫们了，大概是害怕吧，反正除了在我送食物时，平时很少见到它们的。但是这严寒的天气过后，气温回暖，太阳也晒了两天，就在我突然起了兴致往天台上走时，黑白小猫们的两尸体赫然在天台上发现了！啊，就是它们呢！

几个月过去了，我也照常将食物端上，却只见小黄、小灰。也曾来了另外一只瘦弱的灰白相间的猫儿，这就不知是什么身份了，只觉得它不大好相处。突然，有一天，一只黑白相间、精灵无比的小猫当我送完食物下来，回顾间，在我眼前出现。怎么？是它？我一愣间，它飞跑了。那，另一只呢？一泓喜悦的心波从心底涌现，突然，又顿止下来，一份哀伤的感触又迅即萌生，到底另一只并不存在了！那天台黑白相间的是另一么？是哪一只呢？是近亲吗？抑或飞跑的才是另一只呢？

每天食物仍照常端上去，当下来时，心中总是把问题盘桓着。

怀念母亲梁瑛英女士

一九九一年六月二十七日，八十多岁的家姑因中风急送医院，两天后情况稳定下来，慢慢转好。我每次到医院探望她，看到她的女儿们在她床边殷切呵护、嘘寒问暖的情景，心底都有着一种特殊的感伤，因为我也想有这样的机会，在亲母的病榻旁边，表达我对她的至情至爱，可是，我能有这样的机会吗？我与母亲阴阳相隔四十多年了，茫茫宇宙，情牵梦绕，母亲离我而去时，我只是一个仅仅九个多月的婴孩。祖母告诉我，我母亲临终时，一直在呼唤着我的名字，而我却蜷伏在祖母的怀里，懒洋洋地酣睡，甚至连回头看一眼母亲也没有！如此不孝的永诀，在我悠悠的一生之中，永远烙下了一道无法弥补的罪痕。母亲，您可否知道，在没有亲娘的艰涩的人生路上，我是无时无刻不在追悔内疚着呢？我多么渴求母亲的爱、母亲的关怀和母亲在我困境中的鼓励啊！是的，我知道纵使阴阳相隔，也无法阻挡母亲对我的护爱，我在人生的惊涛骇浪中，一直感受到母

作者母亲梁瑛英女士

亲在天之灵对我的支持与扶掖，但，为何命运却不容许我们同聚天涯一角，快快乐乐地相处呢？

四十多年了，母亲的照片，一直放在我的书桌上，我每天读书写字，都与母亲在一起。对母亲的具体形象，却是仅能从照片中去认识。照片中的母亲，仅有二十多岁，衣着入时，容貌秀丽。父亲说，母亲在女子师范学院肄业，文辞端雅，擅长数学会计。当年父亲在香港经营印刷事业，母亲就独自留在广州替父亲料理他在广州的商务。父亲在广州开有电器店，一切店务都由母亲负责打理。先外祖父母都说，母亲精明能干，营商交际无不应付裕如，但对家务颇为厌恶，煮饭洗衣等杂务，是由先祖母及佣人们打点的。

母亲出身商贾大宅，先外祖父母在广州经营纺织业及印刷业。母亲在兄弟姊妹八人中排行第七。据先祖母说，母亲在众兄姊中最得她父母亲的疼惜。母亲在双亲的宠爱下，性格倔强，不容易听从别人的劝导。母亲二十九岁生了我这个惟一的独女后，身体变得虚弱，半年后染上肠热病，就是因为倔强的性格，

不肯听从医生对饮食的指示，所以病情严重了，不足三十岁便离我的父亲、她的幼儿而去了。

母亲去后，父亲把祖母与我接到香港来。那时，我还不足两岁，自此，我便由祖母和继母抚育。祖母温厚，继母慈爱，我的童年并不如一般失去母亲的孩子那般的孤独，何况后来继母也养孩子了。遗憾的是最疼爱我的祖母，在我十二岁的那年也离开我了。

我来港长大后，和广州的外祖父母和舅父等人，不时有书信往还，我也曾回去过，但由于异地相隔，而外祖父母和舅父姨母们又在我不足十岁时，先后相继去世，所以我对母亲的外家，始终认识不深，甚至连先外祖父母的籍贯也不清楚。我只知道母亲在广州出生，祖籍方面始终阙如。我曾询问于现今居于广州的表姊，她也无法知晓。父亲告诉我，母亲姓梁，嫁给他时，他给母亲起了"瑛英"的小名。父亲说母亲的原名没有这么雅的，原名为何，他说，他也忘记了。我想母亲的原名，父亲是知道的，只是父亲不想告诉我。但是这并不重要，因为在我的心坎里，只要知道"梁瑛英女士"是我亲爱的母亲便足够了，其他什么籍贯，什么原名，都是无关重要的，也不因此就减低了我对母亲的深挚的敬慕。

七十多岁的父亲，在我二十七岁的时候也弃养了。父亲比母亲长二十多岁，但是他们的爱情，却丝毫没有受到年龄的影响。父亲稳重能干，母亲典丽端庄，"男才女貌"正是父母亲的佳喻。母亲端美之外，文采智慧，尤非一般女子可以媲美，所以父母亲婚姻的美满和事业上的成就，是可以想像的。当年父亲在香港从商，母亲独自处理广州的业务。虽然两地相隔，而鱼雁往还，灵犀音问，有时要比朝夕相对还更具诗意呢！父母亲的书信就是这样留下来的。

父母亲的手泽①，在我二十多岁时，由父亲亲手交我保存，不过，这只是极少的部分，父亲说，因为时势板荡，大部分已遗失了。这几十封的家书，字迹秀雅、辞句优美、谈情说理，巨细靡遗。我在第一次阅读时，几不能相信是我父母亲的手笔，它们是如此的文情并茂，较之古人信札，实在毫不多让。我研究妇女文学多年了，相信这一类夫妻间的平常话语，在中国传统家庭中是大量存在着的，只是因为没有多少人把它们保留下来，又或者有保留而没有公诸于世而因此湮失了。其实这一类的文字当是人间至文，情深款款，不假雕琢，散失于寻常巷陌之间，诚属可惜，沈约说："志动于中，则歌咏外发，六义所因，四始攸系。"曹植又说："击辕之歌，有应风雅。"《诗经》的风什，也是里巷的歌谣。母亲的手泽虽不是什么大手笔，但是情感的发挥一出乎至诚。下面我大胆地把母亲的信札抄录一二，希望世人不以"私心"视我：

① 手泽：犹手汗。后多用以称先人或前辈的遗墨、遗物等。

139

信札一:

　　梦熊夫君鉴:自君别后,相念之情,不言可知,幸时通书信,略些相思。又昨接廿五来函,一切已悉:(1)知道您很康健,欢慰。(2)我想卖旧钱,没有人买成。(3)未有加入联营,因未组织。(4)您说在港代我找到职业,我很欢喜,但很难离开店中。……

信札二:

　　梦熊夫君:今接十三号华翰,一切领悉,知道您在大安公司睡,免返工过海麻烦,很好。但我恐您往花柳场中,又以君性情举止,不是寻花问柳之流,心中略些安慰。祥哥(案:先父之乳名),您现在天涯旅客,请自珍重,免妄牵挂。我和各人很好,嫣梨很趣,问我爸爸几时返来呢!您说好笑吗?

信札三:

　　梦熊亲爱夫君:前奉贰函,谅得收。又夫君自五号给信我,至现在不觉十多天,未见来函,殊深系念。料夫君起居安吉,或工作忙乎?请您见信,即速回信,免我牵挂。若工作忙,您不可太劳,自己珍重,天气酷热,切勿远处旅行……

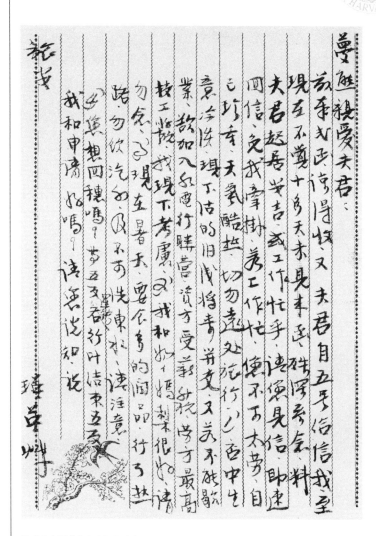

作者母亲梁瑛英女士信札手迹

信札四：

> 梦熊亲爱夫君鉴：敬祝夫君新祺叶吉，万事如意，生
> 意兴隆，从心所欲。现值春光明媚，景物宜人，遥想夫君星
> 期休暇闲游公园，定多快乐。今值新春，敬上芜词，藉伸贺
> 意。……

这些家书，虽然只是话说平常，但那种怀人寄远的既浪漫
而牵肠惊梦，又复幽涩而凄恻情思，处处可见于字里行间。我
在《三余笔录》中说过："中国古典文学中，绝大部分的佳作，
都是抒写离愁、怀远、盼归等等的人间至情，可以见出，古人对
离别之重视，也由此而感到特别伤痛，今日的人，离离合合，视
之如家常便饭，似乎又很少怀有古人那种由离别带来的浓情蜜
意。"今日资讯发达，两地相隔，如同咫尺，离愁固然是减轻了，
复以人心趋向金钱物欲，人与人之间的"亲情感"，夫与妻之间
的"恩义感"也大大不如以前了。父母亲恋爱于四十年代，四十
年代中期结婚，婚后七年，父亲旅外，母亲溘尔长逝。一对异地
相思、情意绵绵的恩爱夫妇从此阴阳永隔，"鸿雁在云鱼在水，
惆怅此情难寄"，人间之悲痛，难喻于斯！《诗·小宛》说："我
心忧伤，念昔先人。"刻下搁笔望洋，隐见当时父亲的凄楚悲
痛，不觉间泪珠盈睫矣。多年来我屡屡于故箧检读父母的书信
时，内心都有着无限的凄伤。惟一觉得安慰的，就是可以亲睹

母亲朗练的书法、情感丰富的文词，也因而可以在她的书信中深一层认识母亲。母亲才华俊秀，是可以肯定的。在旧函件的检阅中，我偶尔发现了一位先父执给父亲的信，信中说：

> 承蒙赠先嫂的遗稿，这些富有诗意的遗作，高度表现出先嫂之人格与才华，这是多么令人对她怀念和惋惜。在一般的女子当中，如她的学问实属少见。虽然她已摆脱了这凡尘，与社会和家庭中道分离，但是她的写作和精神不是也一样地永远存在吗？人生如梦境，有合必有离，事实已成事实，往者已矣，以弟之愚见，一切的一切，兄台总要达观。今时前途的美景是遥远的，谨望兄台以爱妻的精神去创造事业，以创造事业的精神去安慰先嫂在天之灵，相信死如有知亦必含笑九泉也！

父亲有着这样的贤妻，如此的挚友，人生已属无憾！母亲于一九五三年永离尘俗，在父亲和家里每一个人的心中，母亲仍然是与我们同在的。一九七九年，母亲终于和父亲在另一个世界一起了。一九七九年至今，又过了漫长的十六个年头了。在这十六个年头里，我总会不时怀念起父亲，怀念起他的爱妻、我的亲母梁瑛英来。想到母亲，我就会取出她的照片、她的书信来，已不知一遍一遍地读过多少回了！

泰晤士河畔之行

已经是四月前的事了。

踏着七月温馨的阳光,徜徉于宽敞俏丽的泰晤士河畔,静听流水低歌,眺望斜阳日暮。这种情景实在写意、实在浪漫醉人!甜蜜的印象虽然难忘,但这四个月以来,在繁忙而刻板的日常生活侵蚀下,在凡嚣杂乱的香港社会洗涤中,我对那番景象已逐渐淡忘了。偶尔,在收音机旁,听到一位播音员要到伦敦欢度蜜月,她的同事告诉她:

① 秋褛:秋天穿的风衣。

时届深秋,伦敦的气温已在十度之下,想泰晤士河畔的枫树已叶落过半吧。可是,披上秋褛①的你们二人,漫步河畔,喁喁细语,恐怕泰晤士河的河水,也要沸腾了。

啊!我猛然省起,十一月了,真的是时届深秋!泰晤士河的

144

两岸，当又是另有一番景象。秋风萧瑟，枯叶飘零，夕阳薄雾，庄严的西敏寺，当显得肃杀了吧。还记否当日？七月，微风、煦日、清澈的水面、绿油油的两岸，我曾经独自多次在此徘徊，又曾度过多少个温馨如梦醉人的下午！

今天，当日的情景，又一一重现在眼前了。

七月的泰晤士河畔，沐浴于一片和润的阳光中。时正炎夏，却没有感觉到如香港维多利亚港两岸的那股沉翳的闷热。我从那股闷热的恼人气流中抽离，飞越中东西亚，攀过典雅的欧洲，来到这个古朴雄伟的都城——伦敦，徜徉于横跨都城的泰晤士河的两岸。我不是到此欢度蜜月，更不是到此访亲度假，只是在到英国南部修读暑期课程之前，路经此地，作数日的游览罢了。虽然没有带着那一份热恋中人的浓情蜜意，更没有怀着那一份豪迈浪子的壮志逸情，然而独自漫步河畔，欣赏异国情怀，享受闲适雅意，洗刷一刻间的烦嚣俗念，当又另有一番景致。这一种潇洒的心愫，至今还是令人神往不已。

那是一个阳光和煦的中午，我吃过早饭，从暂居的友人家乘了大约二十分钟的地下车，再步行了十多分钟，到达了泰晤士河河畔。首先映入眼帘的是矗立在河畔白厅大街的议会大厦和大厦东北角的"大笨钟"。大厦西南侧是西敏寺和白金汉宫，再远处便是"伦敦塔桥"。可能是这里的炎夏阳光太温馨吧，泰晤士河没有如我想像中的那般雄伟典朴，却显得令我意想不到

作者一九八三年在剑桥大学

的那般妩媚娇俏。伦敦市区在泰晤士河上架设了十五座大桥。塔桥是自河口算起的第一桥，也是最雄伟的一座桥梁。其他附近的几座桥梁，都以典雅精巧见称。有些桥梁，更以图案式的钢铁盖搭而成，涂上娇艳的色彩。河的两岸，均有宽敞的休憩场地，花圃园林，处处可见。河畔两侧，设有长椅，供游人歇息。坐靠长椅，仰视浮云薄雾，低看水流涟漪，远观隔岸景色，各有一番景致。长椅随着岸边并列,椅与椅间相隔十许步,恰好构成一幅绝妙的图案。

那天到达河畔,已过中午。漫步踱过宏伟的大桥,从北岸到达南岸,然后沿着南岸,栖迟徙倚,慢慢地欣赏河岸的景物。河水平静如镜。中午,温柔和顺的阳光映射在河面上,泛起了一片耀目的金黄。旁边绿树婆娑,游人稀略,偶尔三两孩童,嬉戏而过,欢笑声在温馨的阳光与清凉的微风中散发。成群的鹁鸽,悠然自得,在路旁踱步,或在草地花圃间群聚嬉戏。年轻的学生,知己三五,肆意高谈;热恋的情侣,对对双双,喁喁细语;孤寂的老人,凭栏凝睇,追忆往日逝去的时光。这一切的一切,都使我感动得热泪盈眶,好像又回到了一个又一个旧梦。昔日的童年,浪漫的初恋,悲欢岁月的飞逝,使我凄然怅惘,在脑海中盘绕着既甜蜜又感伤的情愫。

黄昏,河面披上薄雾,夜幕自远而至,景物渐入朦胧。我漫步到露天茶座,在清凉的树荫下品享茶点。由于英国人很爱小吃,糖果花饼的款式多而精致。因为从茶座可以远观河畔景色的缘故,所以游人特多,尤其是年轻的情侣,男的一杯啤酒,女的一杯果汁,柔情细语,情调盎然。离茶座不远处,是一个露天的音乐坛阶,几个意大利人正在高唱情歌,增添了不少浪漫的气氛。

夕阳西下,暮色渐深,游人寝见稀少。橙黄色的铜钲悬垂

天际，混茫斜照，把河面染成一片淡黄。远处，"大笨钟"的声响淅沥宏亮，使笼罩在暮色中的西敏寺顿觉雄伟。河上的观光游艇，开始亮起炫耀的灯色了，与斜阳互相辉映，把河水泛照得七彩斑斓。停泊在河畔的艇上餐馆，也开始热闹起来了，游客在艇上一面享用丰富的晚膳，一面欣赏醉人的夜景，高情逸韵，如诗似画，使我怀疑到文字的劳绩。

我曾经在如此的河畔留连了几个悠闲的下午与绚丽的黄昏，就好像旧梦重温似的温暖、亲切而怅然。其实，青山绿水的名胜古迹比比皆是，只要你心境悠逸，处处都是人间仙境，那又岂止泰晤士河的两岸！何况，年轻人的旅游，目的又何止于游山玩水、浪漫夸诞、赏心娱意呢！人生有如旅行，行道愈远，见识愈广，体察也自然愈觉深刻，生命也愈显得格外丰富。毕竟，旅行的意义，应着意于大地的体察，不是尽情的感情追求啊！正如人的工作，当着意于生命的启发，而不是刻意地追求权力与成功的满足。脱离纷浊尘嚣社会的明争暗斗，投身于大自然的智慧与和谐中，才是人生的高明方向，也只有这样，才可使人的心境平和、思虑清远，对于生命的理想、人生的意义，始得到了深深的体察！

如诗似画的泰晤士河畔，固然给予我精神的怡悦，也泛起了我心灵的感伤。其实，她给予我的感受，又何止于此呢！

箭喻

　　佛典中的《箭喻篇》叙述了这样的一个故事：甲乙二人不幸同时中了暗箭，甲君脑海里立即想到这些问题——哪人射箭？为何要射出此箭？为何他自己这么不幸地会遇上呢？如何能找到那射箭的人，置他于死地，去为自己报仇呢？另一方面，中了箭的乙君，却完全没有思考这些问题，只考虑到——如何把箭拔出来？如何止血？如何求助？如何防止自己倒下？结果，甲君未找到原因，复仇之前已体力竭尽，不支倒下；乙君不但康复，而且比以前更稳健坚强。

　　每一个人从离开校门，踏进社会工作开始，总会遇到许多不公平、不合理、令人愤怒的事，这些都可以是制度、社会潮流、人事复杂等等因素的构成结果。您可能命途多蹇，难逃暗箭，成为不公平制度下的牺牲者，但希望您不要花太多精力去寻根问底，企图藉自己微薄的力量去改变残酷的现实，这将会是徒劳无功的；也希望您不要花太多时间去感叹自己为何有此

遭遇，更不必向别人诉说您的委屈与怨愤，这样，只会使自己变得懦弱颓废而已。对于现实，您只要去正确地面对，去努力防止自己跌倒，才是主要的，如此您一定会站得比过去更为稳健，更为坚强呢！

要应付现实生活的残酷，就必需懂得以理智去统制意志。刘安的《淮南子》记述一个渡江的人，因为波涛的汹涌使他太恐惧了，他索性跳进到江里去，宁埋身于鱼腹中。这是理智丧失，导致意志薄弱的表现。

每天都在惊涛骇浪中生活的现代都市人，没有明睿的理智与坚决的意志，是难以生活下去的。

钟声

　　"钟送黄昏鸡报晓，昏晓相催，世事何时了。万古千愁人自老，春来依旧生芳草。　　忙处人多闲处少。闲处光阴，几个人知道？独上高楼云杳杳，天涯一点青山小。"

　　一九九六年的秋冬，我访学于耶鲁大学，黄昏的钟声，无论在旅馆、咖啡室，甚或通衢、小巷，处处可闻。惟其黄昏，夕阳斜窥街角，霜风落叶，虽与少游迥异，但，天涯羁旅，内心实在有着怅然孤寂的感觉。

　　在香港，附近教堂也时时传来钟声，不过，不是傍晚，而是晨曦，也似乎只在礼拜天响起，钟声和耶鲁的同样清脆，只是环境不同，感受全异。钟声来时，我仍在朦胧梦中，闻钟，颇觉温

馨。犹记在耶鲁时,敲钟之声,已是薄暮,虽是飘零客次,声音倒觉悦耳可爱,后来,听多了,渐渐有点"归欤"之叹。

前年仲夏,小住英国弭斯尼镇(Bexley)[1],清晨,间中也传来钟声,可能日子尚浅,还没有思家意态。不过,异地闻钟,在宁谧间,钟声始终带着一点荒凉落寞的酸楚。

从弭斯尼回来的第一天,钟声又在朦胧睡梦中传过来了,此刻,又蓦然杂有说不出的凄婉。

"晓声隆隆催转日,暮声隆隆催月出。汉城黄柳映新帘,柏陵飞燕埋香骨。磓碎千年日长白,孝武秦皇听不得。从君翠发芦花色,独共南山守中国。几回天上葬神仙,漏声相将无断绝。"李贺描写的虽然是官街鼓声,但,转日催轮的感受,不是和钟声一样吗?年轻时,在父母家,附近的教堂也不时传送钟声,岁时还相和着狮鼓。如今已数十年了,往昔那一股"苦干"的傻劲、那一股"跑码头"式的访学热情,随着身心的疲累而退下来了,晨钟暮鼓,心底里,只多了一份"悠然"的感受。

"而今听雨僧庐下,鬓已星星也。悲欢离合总无情,一任阶前点滴到天明。"这是蒋捷暮年听雨的酸楚。

我呢?钟鼓催人,雨滴改岁,人事苍黄,世情翻覆,钟声雨声,能不黯然!

[1] Bexley:又译作"贝克斯利",是英国英格兰大伦敦外围自治市,位于泰晤士河南岸,南接布罗姆利自治市。保存有11、13世纪教堂等古建筑。辟有公园和广场,著名的有丹森公园和莱斯内斯隐修院森林。